전갈자리

전갈자리

송방순 소설집

도화

차례

전갈자리 그 남자

틈

노파는 동물이 영역표시를 하듯 오줌을 찔끔 누고 자리를 옮겨 또 누었다. 긴 치마를 걷어 올려 엉덩이를 드러내고 있는 모습은 추하다기보다 철없는 계집아이처럼 보였다. 나는 흔치 않은 광경에 눈을 떼기 어려웠다. 그렇다고 외길에서 노파를 피하려 차를 돌릴 수도 없는 노릇이었다. 늦가을의 황량한 시골길은 노파를 더욱 도드라지게 만들었다. 노파는 몇 차례 자리를 옮겨 오줌을 누고는 그제야 일을 마친 듯 치마를 툭툭 털었다. 그런데 노파가 앞을 향해 몇 발자국 가더니 방향을 바꿔 내가 타고 있는 지프차 쪽으로 걸어왔다. 고개를 갸우뚱하며 다가오는 모습을 보니 외려 내가 호기심 대상이 된 것 같았다. 나는 순간 민망스러워 얼른 먼 산을 바라보며 시치미를 뗐다. 노파가 반쯤 열린 지프차

창문으로 안을 들여다보려 하자 아예 자는 척 눈을 감아버렸다.

아무런 연고도 없이 구룡산 자락에 황토집을 짓기 시작한 것은 삼 년 전이다. 구룡산은 태백산에서 소백산으로 이어지는 길목에 자리 잡고 있는데, 두 산보다 조금 낮아 욕심 없는 산처럼 보이기도 하고 굽이진 능선이 마치 승천하지 못한 비운의 이무기처럼 보이기도 했다.

이곳은 내기 처음 정착했을 때나 지금이나 크게 변한 것이 없다. 주변에 지천인 철쭉과 참나무가 예전보다 울창해진 게 변화라면 변화다. 황토집에서 조금만 내려가면 집 몇 채가 듬성듬성 박혀있다. 모두 칠십 이상 되는 노인들이 사는데, 김 노인은 타지에서 온 내가 터를 잡고 살도록 도와준 장본인이다.

가장 큰 일은 혼자 살만한 황토집을 짓는 거였다. 건축에 문외한인 내겐 무엇 하나 호락호락한 게 없었다. 집을 짓는다고 뚝딱거릴 때마다 아랫마을 노인들은 구경거리가 생겼다는 듯 보고 가곤 했다.

황토집이 얼추 형태를 잡아갈 때쯤 제자 넷이 이곳까지 찾아왔다.

"교수님 뵈려면 등산을 자주 해야겠어요."

"집이 다 지어지면 너희는 언제라도 재워주마."

청년들이 교수님이라 부르며 일손을 돕자, 마을 노인들도 덩

달아 교수님이라 부르며 이전과 다른 친절을 베풀었다.

"교수님이셨구먼요?"

"이제 교수 아닙니다. 집 짓고 시나 쓰려고 왔는걸요."

"그럼 시인 교수님이구먼요. 훌륭한 교수님이 이런 험한 일을 해서 워쩐데요?"

"별말씀을요."

그 후부터 노인들은 나를 윤 시인이라 부르며 도시사람이라는 적대감을 씻어버린 것 같았다.

장날이면 노인들은 마을 어귀에서 내 지프차가 내려오기를 기다린다. 읍내까지 힘들게 걸어가는 노인들을 한 명씩 태워주다가 결국 얼마 전부터 지프차가 마을의 중요한 이동수단이 돼버린 것이다. 오늘은 모처럼 노인들보다 먼저 아랫마을로 내려온 것인데, 볼썽사나운 꼴을 본 것이다.

잠시 후, 샛눈을 뜨고 주위를 찬찬히 둘러보자 노파는 어느새 지프차보다 한참 앞서 걸어가고 있었다. 안도의 한숨이 흘러나왔다. 그때 백미러로 김 노인 내외와 박 씨 할머니가 급히 달려오는 것이 보였다.

노인들을 태우고 장터 입구에 있는 슈퍼마켓에 차를 세웠다. 각자 필요한 것을 사서 정오에 이곳에서 다시 만나기로 했다. 나는 라면과 커피, 화장지를 사서 트렁크에 실어놓고 정육점에 가서 쇠고기 반 근을 샀다.

열한 시 사십 분. 아직 마을노인들은 오지 않았다. 그때 누군가 차 문을 쳤다. 머리가 허연 노파가 차 문을 손바닥으로 치고 있었다. 족히 일흔 살은 돼 보였다. 노파의 옷차림은 말끔해 보였지만 기운이 없어 보였다.

"무슨 일이세요? 할머니."

"나, 쉬 마려. 우리 집에 데려다 줘."

자세히 보니 아침에 외길에서 볼일을 본 노파였다.

"할머니 집이 어딘데요?"

"몰라, 우리 집에 데려다 줘어. 오줌 마려어."

노파가 가랑이에 손을 갖다 대는 모양새로 꽤 급해 보였다. 나는 일단 차에서 내려 근처에 있는 상가 화장실로 데려갔다. 하지만 노파는 화장실 입구에 그대로 한참을 서 있었다. 치마를 내리기 전 오줌이 나와 버린 것 같았다. 당황한 건 나였다.

"할머니, 집 주소나 연락처 알고 계세요?"

"미안하우. 내가 실수를 한 것 같네."

노파는 갑자기 정신이 돌아온 듯 유유히 사라졌다. 나는 다행이다 싶은 마음으로 차를 세워둔 곳으로 돌아갔다. 어느새 장을 봐온 마을 노인들이 모여 있었다.

"다 오셨군요. 점심은 제가 자장면으로 대접하겠습니다!"

"매번 윤 시인한테 신세를 져서 어쩌나."

노인들은 소풍 나온 아이들처럼 신나했다. 나는 좀 전에 노파와 함께 갔던 상가 2층에 있는 만리성이란 중국음식점으로 노인들을 안내했다. 만리성에 들어서자 머리를 뒤로 질끈 묶은 중년 여자가 계산대에 앉아 눈인사를 했다. 나는 의자에 앉자마자 큰 소리로 자장면 네 그릇과 탕수육을 주문했다. 큰 돈 안들이고도 어깨에 힘이 들어가는 기분이었다. 그때 맞은편 테이블에 조금 전 화장실을 찾던 노파가 앉아 있었다. 음식을 기다리는지 무척 조신한 자세로 앉아 있었다. 나는 노파가 옷에 오줌지린 일이 신경이 쓰였지만 아는 체 하지 않았다.

마을 노인들과 식사가 거의 끝나갈 쯤 노파도 젓가락을 내려 놓고 앉아있었다. 내가 먼저 일어나 계산대로 향하고 있을 때였다. 노파가 내게로 성큼성큼 다가왔다. 나는 순간적으로 몸을 움찔했다.

"돈을 집에 놓고 와서 그러는데……. 조금만 가면 우리 집인데 나 좀 데려다 줄 수 있수?"

노파가 너무도 조심스럽게 부탁을 해서 그 감정이 고스란히 전달되었다.

"이분 것도 같이 계산해주세요."

내가 신용카드를 내밀자 계산대에 앉은 여자는 앞니에 붉은 립스틱이 묻은 채 맛있게 드셨어요, 하고 묻더니 곧바로 옆에 서 있는 노파를 은근히 노려보았다. 나는 일단 딱한 마음에 뒤따라 오는 노파를 마을 노인들과 함께 차에 태웠다. 자장면 값을 받기 위해서가 아니라 가능하면 집을 찾아주고 싶었다. 하지만 노파는 좀만 더 가면 돼, 좀 더 올라가야 해, 하며 차에 계속 머물러있었다. 함께 탄 마을 노인들이 노파를 보고 처음 보는 얼굴이라며 말을 붙여도 노파는 대꾸하지 않았다. 할 수 없이 나는 마을노인들을 먼저 내려주고 노파의 집을 찾아 주기로 했다. 하지만 노파는 방향을 전혀 모르는 것 같았다. 나는 같은 곳을 세 번이나 돌고서야 이내 할머니가 정상이 아님을 확인할 수 있었다.

"조금만 더 가면 되는데…….”

"할머니, 정말 집을 알고 계시긴 한 거예요?"

딱한 마음도 사라지고 답답하기만 했다. 노파는 어느새 잠이 들었는지 눈을 감고 아무런 대답도 하지 않았다. 황토집으로 차를 돌릴 수밖에 없었다.

"할머니 우선 여기서 잠깐 쉬세요. 저도 차에서 물건을 꺼내봐야 하거든요.”

나는 마당에 차를 세우고 노파를 내리게 했다. 노파는 자기 집처럼 곧바로 마루에 올라가 누웠다. 잠깐 어이가 없었지만 서두르지 않기로 했다.

마트에서 사온 물건을 모조리 마루에 올려놓았다. 그때까지도 노파는 그 자리에 꼼짝하지 않고 누워 있었다. 내가 조심스럽게 노파를 깨우자 노파가 힘겹게 일어났다.

"여보, 몇 시유? 출근 해야쥬.”

노파는 잠꼬대처럼 엉뚱한 말을 했다. 나는 잠시 어안이 벙벙했다.

"할머니, 집에 가셔야지요. 제가 파출소까지 모셔다드릴게요."

"여보, 난 당신밖에 없시유. 오늘만 재워 주서유."

노파가 갑자기 내 팔을 잡고 사정했다. 나는 노파의 어이없는 행동에 할 말을 잊고 노파의 얼굴을 찬찬히 바라봤다. 어느새 저녁노을이 노파의 얼굴에 엷게 깔렸다.

"할머니, 집 전화번호 외우고 계세요? 자식들 연락처라도 아시냐고요?"

"……."

"할 수 없네요. 어차피 파출소에서 주무시나 여기서 주무시나 마찬가지일 것 같으니 오늘은 여기서 주무시고 날 밝으면 찾아보자고요."

나는 읍내까지 다시 나가기가 귀찮기도 했지만 치매 걸린 노인네가 안됐다는 생각이 들었다.

"이것도 인연이라면 인연인데 같이 식사하시고 저 방 가서 주무세요."

"……."

나는 서재에 이불을 깔아주고 아궁이에 군불을 지폈다. 날은 개었지만 전날 내린 비로 황토방이 눅눅했다. 배는 아직 고프지 않았다. 노파와 간단히 저녁 겸 시장기를 면할 만한 것이 있는지 찾아보았다. 굴뚝 옆에 누룽지 말려놓은 것이 눈에 띄었다. 그런데 굴뚝 아랫부분에서 가느다란 연기가 새어나오고 있었다. 버섯 모양의 황토집과 어울리는 굴뚝을 찾다가 옹기마을에서 직접 제작해 온 항아리 굴뚝인데, 마무리 미장이 소홀해 틈이 생긴 것 같았다. 나는 우선 누룽지를 끓여 노파와 먹고 진흙 반죽을 개어 굴뚝 틈새를 꼼꼼히 메웠다.

도면 하나 달랑 들고 혼자 황토집을 짓겠다는 것이 스스로 무모하게 느껴지기도 했다. 좋은 황토를 구하기 위해 산으로 들로 헤맨 날을 빼고라도 집 지을 땅에 기준선을 잡는데도 며칠이 걸렸다. 소나무를 목초 액에 담갔다가 건조하는 과정에서 비가 내려 얼마간 손을 놓고 있을 때도 있었다. 기둥을 세우고 돌 쌓은 부분을 황토로 채워 맥질까지 했을 때는 계절이 바뀌었고 집을 짓기 시작하면서 쳤던 텐트도 색이 바래졌다.

나무각재를 잘라 도리목 위로 서까래를 올리고 있을 때 김 노인이 찾아왔다.

"지붕 위에 황토는 많이 올려놔야 겨울에 추위 걱정 안 할 거요. 그것보다 소금은 사다 놨나 모르겠네."

"소금은 어디다 쓰게요? 어르신."

"나 참, 그것도 모르면서 무슨 황토집을 짓겠다고. 얼른 가서 소금 열 포대만 사오슈. 다녀오면 알려줄 테니."

"그렇게나 많이요?"

나는 서까래를 올리다 말고 김 노인의 말대로 소금을 사러 나갔다. 지프차에 소금 포대를 잔뜩 싣고 오자, 김 노인은 지붕 위에서 대신 일을 하고 있었다. 황토 위에 굵은 소금이 눈처럼 뿌려졌다. 김 노인은 소금 열 포대도 많지 않다는 표정이었다.

김 노인의 말이 옳았다. 소금과 황토는 전혀 어울릴 것 같지 않았는데, 결합하자 방부, 방충작용뿐 아니라 자고 나면 피곤한 몸을 개운하게 해줬다. 물론 처음부터 김 노인과 친해진 건 아니었다. 노인들이 찾아오면 나는 막걸리를 대접하거나 소란을 피워 죄송하다며 가끔 간식거리를 돌렸다.

김 노인은 거나하게 취하면 시를 읊어보라고 했다. 나는 내가 쓴 현대시는 너무 난해한 것 같아 옛시조를 몇 편 구성지게 읊어주었다. 그럴 때마다 김 노인은 고개를 까닥거리며 감탄했다.

늙어간다는 것은 추억도 늘어가고 쪽잠도 늘어간다는 것일까. 뜨끈한 누룽지를 먹고 나자 나도 모르게 얼핏 선잠이 들었다.

꿈결처럼 노파가 흔들어 깨웠다.

"여보, 명수가 다녀갔시유."

노파는 엉뚱한 말을 했다. 나를 계속 남편으로 보는 것 같았다.

"명수가 누군데요?"

내가 묻자 노파는 갑자기 울기 시작했다.

"아무리 오래전에 죽었대도 어떻게 아들을 잊어버릴 수가 있슈! 맨날 그년 생각하느라 그러쥬?"

노파의 몇 마디로도 그녀가 살아온 세월을 단박에 알아차릴 수 있었다. 노파에게 한이 되는 것은 남편의 바람기와 앞서간 자식이라는 생각을 하니 짠한 마음이 들었다.

나 역시 밤마다 맥없이 죽은 아내가 애잔하게 떠올랐다. 그것도 설거지하고 있는 아내의 뒷모습이나 고개를 숙이고 다림질을 하던 모습이. 하지만 아내가 나를 보며 환하게 웃어주던 모습은 좀체 떠오르지 않았다. 나는 아내가 죽었다기보다 갑자기 사라진 느낌이었다. 그렇다. 아내는 지금쯤 어디선가 살고 있을지도 모른다.

문학계에서는 어느 순간 나를 두고 이 시대의 정서를 살아 숨 쉬게 하는 최고의 시인이라 극찬했다. 지금도 서재에 꽂혀있는 시집 세 권을 보면 입가에 어설픈 미소가 어린다. 등단 이후에도 별다른 섭외는 없었지만, 교수가 된 이후에는 모든 것이 차츰 정상궤도에 오르고 있다는 것을 실감했다. 하지만 정상에선 언제나 내리막길이 함께한다는 것을 얼마 되지 않아 실감할 수 있었다.

여학생이 연구실로 찾아온 건 순전히 시를 합평 받기 위함이었다. 문제라면 늦은 시간이었고 혼자 찾아왔다는 이유였다. 나는 지도교수 자격으로 시를 봐줬고 지하철역까지 내 차로 태워줬을 뿐이다. 하지만 그것은 누군가의 눈에 띄었고, 소문은 봄날 황사 바람처럼 퍼져 나갔다. 결국, 아내도 나를 믿지 않았다. 그건 영악한 여학생의 고백이 한몫했다.

"교수님을 좋아해서 보고 싶은 마음에 시를 써서 찾아간 것은 사실이에요. 교수님도 저를 특별하게 대해주셨잖아요."

여학생은 한 치의 망설임 없이 당돌하게 맞받아쳤다. 총장은 잘생긴 시인이 얼굴값을 할 줄 몰랐다며 빨리 수습하기를 바랐다. 나는 시말서를 쓰고 일방적으로 일 년을 쉬기로 하고 절로 들어갔다. 그 부분에 대해서는 더는 떠들어 대기도 싫고 다른 사람들 입방아에 오르내리는 것은 죽기보다 싫었다. 그때 난 그토록 실망의 빛이 역력한 아내의 눈을 처음 보았다.

여학생 사건은 어처구니없는 일이었지만 진짜 어정쩡한 관계를 맺고 있는 여자가 있다는 것이 양심을 짓누르고 있었다. 혼자 작은 호프집을 경영하는 여자였다.

시인협회 사람들을 만나고 돌아오는 길에 동네에 새로 생긴 호프집을 발견하고 들어갔다. 모임이 있은 후엔 혼자 맥주를 마시며 생각을 정리하는 버릇 때문이다.

호프집 여자는 어딘지 모르게 그늘도 있어 보이고 술집 잡부 같은 천박함도 얼굴에 묻어있었다. 서로에게 끌릴 수 있었던 건 비오는 날 좁은 가게에 손님이 나 혼자였고 음악이 음울했고 그녀의 향수 냄새가 수컷 본능을 자극했다.

그녀는 거침없이 내게 키스를 했고 비는 모든 죄마저 씻어줄 듯 세차게 퍼부었다. 이성을 마비시키는 그런 비.

여자는 쉽고 편한 상대였다. 그렇다고 아내에 대한 생각이 변했다거나 생활이 흐트러진 것은 아니었다. 마셔도 되고 안 마셔도 상관없는 우유처럼 간절함 없이 편한 상대를 두었다는 사실이 좋았다.

아들 녀석이 대학에 들어간 후, 몇 달 되지 않아 이혼서류에 도장을 찍고 말았다. 물론 수없이 아내를 설득했지만, 아내의 고집을 꺾을 수 없었다. 순전히 오해에서 비롯됐다고 해명해도 소용없는 일이었다.

"혼자 깨끗한 척은 다하지! 시인입네 하고 온갖 폼은 다 잡고."

아내의 말속에서 얼음 깨지는 소리가 났다.

"오해야, 오해라고! 한심하게 그런 헛소문을 믿냐?"

나는 여느 남자들이나 그렇듯, 잡아뗄 수 있는 데까지 잡아뗐다.

"그래. 나, 한심한 거 맞아. 이제야 알았어. 당신이랑 살면 한심한 여자로 살다가 한심한 여자로 늙어 죽게 될 거라는 걸!"

"내가 언제 당신한테 한심하다고 한 적 있어?"

"그걸 모른단 말야! 당신은 말끝마다 한심하단 말을 입버릇처럼 했어. 그 말을 들을 때마다 내가 얼마나 죽고 싶었는지 알기나 해?"

아내는 부들부들 떨면서 그렇게 자신의 입장을 마무리 짓고, 절대 돌아서지 않을 거라는 의지에 찬 표정으로 이를 앙다물었다. 분명 오해였지만 완강히 부인할 수도 없었다. 시간이 흐를수록 책 한 권 보지 않고 가계부를 일기 삼아 세월을 보낸 아내와는 말이 통하지 않았다. 결국, 아내와 대화하는 시간이 줄어들고 그에 비례해 잠자리 횟수도 줄어들었다. 그렇다고 진심으로 아내를 한심하게 생각한건 아니다. 오히려 아내가 은행을 그만둔 후부터 지루하다는 말을 많이 했었다. 나는 지루하다는 말을 들으면 지루하지 않다가도 오히려 그 말에서 나오는 지루함이 지루하게 만들어버리는 것 같았다. 그래서 그 말을 뱉은 아내보다 그 말을 들은 내가 더 지루하게 느껴져 견딜 수가 없었다. 하지만 그 모든 것을 접고라도 내가 지금 아내에게 미안할 수밖에 없는 이유는 나는 탈출구가 있었지만, 아내에겐 탈출구가 없었다는 것이다.

나는 어딘가에 묶여 사는 것이 참기 힘들었다. 어릴 적 어머니는 사주를 보고 와서 내가 겨울에 태어난 범띠라서 출세는 하겠지만 늘 외롭고 한곳에서 느긋이 살 수 있는 팔자가 아니라고 했다. 그래서일까. 불완전한 역마살처럼 산이나 들로 헤매고 싶은 충동이 불쑥불쑥 일었다.

처절하게 외롭고 이유 없이 온몸이 아픈 날, 병원에서 우울증 초기진단을 받았다. 나는 그것을 빌미로 방학 동안에는 아내와 아들을 뒤로하고 절에서 두어 달씩 머물다 오곤 했다. 지금 생각해 보면 아내가 불만을 내색하지 않고 잘 참아 준 것 같다.

아들에 의하면 아내는 이혼 후 심하게 두통을 앓아왔다고 했다. 어쩌면 그 전부터 그랬는지는 모르지만 상태가 악화된 것 같다고 했다. 그런 아내가 서류상 남이 된지 불과 열 달 만에 세상의 끈을 놓았다. 허망하고 미안했다. 아내는 뇌종양이란 사실을 언제부터 알고 있었던 것일까? 모든 것이 의문이었고 내가 아내를 죽음으로 몰고 간 것 같은 죄책감이 밀려왔다. 아내는 한 번도 심하게 아프다거나 병원을 가야겠다는 얘기를 꺼낸 적이 없다. 방바닥에 흔한 약 봉투 하나 없었다. 그래서 지금도 아내의 죽음에 대한 확신이 없다.

나는 아내가 눈을 감는 모습도 못 보고 장례식장에도 참석하지 않았다. 아니, 참석할 수가 없었다. 아무도 나에게 말해주는 사람이 없었기 때문이다. 아내는 장례가 끝나기 전까지 나에게 알리지 말라고 유언했다고 한다. 처음엔 아내의 갑작스러운 죽음에 놀랐고 나중엔 그 지독함에 눈물도 나오지 않았다. 인간의 도리를 넘어 살을 맞대고 산 세월이 몇 년인데, 제일 먼저 연락하지 않은 아들 녀석도 원망스러웠다. 세상에 둘도 없는 죽일 놈이 된 것 같았다.

아들은 장례를 치른 후 곧바로 호주 유학길에 올랐다. 다행히 그곳에 이모 내외가 살고 있어 안도할 수 있었다. 하지만 공항 대기실에서 아들이 마지막 남긴 말은 뒤통수를 얻어맞은 것처럼 한참동안 그 자리에 서 있게 만들었다.

"말 안 하려다 하는 건데……. 엄마가 돌아가신 다음 날 심부름센터에서 엄마 휴대폰으로 전화가 왔어. 꼬치꼬치 캐물었더니 엄마가 사람을 찾아달라고 했데. 그 사람을 찾았다고."

"누군데?"

"이십 년 전에 만났던 사람이라고 하는데, 본인이 아니면 알려주지 않는 게 원칙이래."

"남자구나?"

나는 눈을 동그랗게 뜨고 물었다.

"엄마가 많이 외로워했다는 걸 말해주고 싶었어. 나도 그랬으니까. 그렇다고 이제 와서 아빠를 원망하는 건 아냐."

나는 아들이 탑승하는 뒷모습도 지켜보지 못하고 고개를 숙이고 있었다.

노파를 달래 다시 서재로 보내고 툇마루에 걸터앉아 하늘을 올려다보았다. 하늘엔 크고 작은 별들이 번져있었다. 슬리퍼를 끌고 굴뚝으로 가서 연기가 샜던 틈을 다시 확인했다. 이상했다.

분명 꼼꼼히 메웠는데, 굴뚝 아랫부분에서 가늘게 새어나왔던 연기가 이젠 윗부분까지 올라와 선녀의 날개옷처럼 넓게 하늘거리고 있었다. 나는 외관에만 치중해서 굴뚝을 세운 것을 후회했다. 내일은 김 노인에게 신세를 지더라도 근본적인 원인을 찾아야겠다고 마음먹고 잠자리에 들었다.

"어여 먹어, 우리 애기 잘도 먹네."

잠이 덜 깬 나는 소스라치게 놀랐다. 노파가 옆에 누워 내 입에 젖을 물리며 토닥거리고 있었다. 순간, 나는 빌떡 일어났다. 노파도 동시에 일어났다.

"명수야, 나 땜에 깼냐?"

"할머니, 왜 이러세요! 심장 멎는 줄 알았잖아요. 빨리 저 방 가서 주무세요."

나는 반강제적으로 노파를 끌고 옆방으로 갔다. 한참동안 놀란 가슴을 진정할 수가 없었다. 거의 뜬 눈으로 밤을 지세며 아침이 되길 기다렸다. 머릿속엔 온통 노파를 서둘러 보낼 생각으로 가득 찼다. 이곳에서 혼자 지내면서 한 번도 무섭거나 두려운 마음이 생긴 적은 없었다. 닭장을 짓기 전, 마당에 풀어놓은 닭이 살쾡이한테 뜯긴 날도 이처럼 놀라지는 않았다. 소름이 돋았다.

아침에 몸이 개운하질 않았다. 노파는 어느새 마당에 나와 있었다. 내가 양팔을 벌려 긴 하품을 하며 나오자 노파가 다가왔다.

"여기가 어디유?"

"어제 집을 못 찾으셔서 여기서 묵으셨잖아요."

노파가 잠깐 정신이 돌아온 것 같았다. 하지만 내가 세수를 하는 동안 노파의 정신은 또다시 먼 데 가고 없었다.

"배고파, 밥 줘. 밥 줘잉!"

노파가 칭얼대자 하는 수 없이 부엌으로 가서 누룽지를 끓였다. 여느 때 같으면 된장국이라도 끓였을 테지만 마음이 바빴다. 나는 노파가 숟가락을 놓자마자 밥상머리에서 일어났다. 상을 치우지도 않았다.

"할머니 어서 차에 타세요. 집에 모셔다 드릴게요."

"우리 집에 데려다 준다고? 알았어."

노파는 어린아이처럼 순순히 차에 올랐다. 나는 곧바로 읍내에 있는 파출소로 향했다. 가는 동안에도 노파는 두 차례나 오줌이 마렵다고 해서 차를 세워야만 했다. 다행히 오가는 사람이 없어 길가에서 볼일을 보게 했다. 노파는 처음 볼 때처럼 다른 사람신경 쓰지 않고 치마를 펄떡 올려 엉덩이를 까고 오줌을 누었다. 엉겁결에 그 모습을 본 나는 노파가 애초부터 팬티나 속옷을 갖춰 입지 않았음을 알게 됐다.

읍내 파출소에 도착해서 순경에게 자초지종을 얘기했다. 노파를 맡기자 큰 짐을 떠넘긴 것처럼 홀가분했다. 하지만 노파를 하룻밤 재워준 대가를 파출소 기록에 신분과 연락처 남기는 것으로 대신해야만 했고, 이만 가보겠다는 인사말에 필요하면 연락 드리겠습니다, 라는 불편한 여운을 가지고 돌아섰다. 노파의 보호자를 찾기 전까지 임시보호자를 자청해줬으면 하는 경찰관의 표정은 부담스러울 정도였다. 정말 까다로운 선의의 보상이라고 생각했다.

집에 돌아오자 갑자기 큰일을 치른 후처럼 피곤이 몰려왔다. 어젯밤 잠을 제대로 이루지 못했기 때문일 것이다. 우선 노파의 진재를 털이내고 싶어 시재로 들어갔다. 노파에게 낄아준 이불을 개려 하자 노랗게 오줌이 지려져 있었다. 어이가 없었다. 이불 빨래를 하는 내내 아내에게 자상하지 못했던, 이불 한 번 개어본 적 없는 나를 탓했다.

말 수가 적었던 아내는 중요한 일이 아니고선 일일이 속내를 드러내지 않았다. 대부분의 사람은 그런 여자를 속 깊은 여자라고 생각하겠지만 심심한 인생의 동반자임은 부정할 수 없었다. 아내는 나를 자유롭게 떠돌게 하는 재주가 있었다. 어쩌면 처음부터 구속 따윈 하고 싶지 않았는지도 모른다. 다른 부부들처럼 나는 시간이 지날수록 젊은 시절 아내를 선택했던 이유를 잊어버렸다.

보험설계사였던 고모의 소개로 은행에 다니는 아내를 처음 만났다. 고모의 착실한 고객 중 한 명이란 것을 금방 알아차릴 수 있었다. 고모는 연애에 소질도 없고, 딱히 내세울 만한 직업도 없으면서 시 나부랭이를 쓴다며 돈과 시간을 허비하고 있는 나를 안타깝게 여겨 셈에 밝은 은행원을 소개한 것 같았다.

아내는 사진보다 수수하면서 예쁘장한 외모를 가지고 내 앞에 나타났다. 처음부터 화려한 결혼생활을 바라지도 않고 무능력한 남편을 원망하지도 않았다. 아내는 묵묵히 남편의 학비까지 대면서 생활을 근근이 이어갔다. 내가 교수가 되었어도 크게 들뜨지 않았다. 하긴 집에서 몇 년간 빈둥거리며 놀아도 담담하게 대했던 사람이다. 보통 여자들 같으면 바가지를 긁다가도 지쳤을 만한 시간이었다. 그런 남편이 취직되었다고 하면 누구보다 흥분하며 기뻐했을 만한데, 아내는 철저히 자신의 감정을 감추는 것인지 아니면 정말 남편의 출세에 대해 무덤덤한 것인지 알 수 없었다.

나는 아내와 헤어진 후부터 주말이면 이곳에 와서 황토집을 짓기 시작했다. 헤어진 아내가 일 년도 안 돼서 세상을 떠나자 교수 자리도 내어놓고 이곳에서 남은 생을 살기로 한 것이다.

오후에 마을 노인들과 막걸리를 거나하게 마셔서인지 초저녁부터 잠이 쏟아졌다. 옆에서 부스럭거리는 소리가 들렸지만 바람 때문이라 생각했다. 술이 들어가자 죽은 아내 생각도 나고 여자 생각도 났다. 사타구니에 손을 넣자 맥없이 풀린 물건이 늘어져 있었다.

나는 다시 잠을 청했다. 얼마쯤 시간이 흘렀을까, 옷이 스르르 벗겨지더니 무언가 물컹한 것이 손에 잡혔다. 눈을 떴다. 분명 벌거벗은 여자였다. 둔갑한 여우같기도 하고 귀신같기도 한 여자를 얼른 밀쳐냈다. 여자는 달빛에 하얀 속살을 드러내고 있었다.

"지유. 같이 자유."

여자 목소리에 벌떡 일어나 불을 켰다. 노파였다. 홀딱 벗은 노파가 누워있었다.

"할머니 여기서 뭐 하시는 거예요!"

나는 부끄럼 없이 달려드는 노파에게 서둘러 옷을 입혔다. 아무리 늙은 여자의 몸이라 해도 직접 옷을 입히려니 민망했지만 어쩔 수 없는 일이었다. 마치 간통이라도 하다 들킨 것처럼 묘한 기분이 들었다.

늦은 시간이라 정신 나간 노파를 내칠 수가 없어 또다시 서재로 보냈다. 며칠 전, 내가 마을 노인들을 일일이 챙기는 것을 보고 김 노인이 남 사정 봐주다 갈보 돼, 하며 껄껄 웃던 모습이 떠올라 헛웃음이 나왔다.

다음날 다시 멀쩡해진 노파는 내가 데려다 주겠다는 것을 한사코 거절하더니 혼자서 아랫마을로 내려갔다. 하지만 노파는 늦은 밤 다시 찾아왔다. 안방 문이 잠긴 것을 확인했는지 나를 놀라게 하지는 않았지만 아침에 자기 집처럼 서재에서 나와 툇마루에 걸터앉아있었다. 그렇게 아침이면 정신을 차리고 내려간 노파가 밤마다 찾아 온 것이 삼일 밤이 돼버렸다.

김 노인이 약초나 캐러 가자며 아침 일찍 찾아왔다가 장날에 본 노파가 방에서 나오자 농담을 걸었다.

"연분이 따로 있었네 그려."

"놀리지 마십시오. 골치 아파 죽겠습니다."

"골치 아플 거 뭐 있남. 같이 늙어가는 처지에. 하하하!"

김 노인은 큰소리로 웃었지만, 난 어이가 없어 웃을 기분이 아니었다. 텁텁한 마음에 약초 캐러 가는 것도 뒤로 미루고 김 노인과 작년에 담근 매실주 절반을 비워버렸다.

술에 취해 툇마루에 누워 선잠이 들 때쯤, 김 노인은 어느새 돌아갔는지 보이지 않고 노파가 안방으로 나를 낑낑거리며 끌고 갔다. 나는 옷이 벗겨지는 것을 느꼈지만 온몸에 술이 퍼진 탓에 노파를 물리칠 힘이 없었다. 노파도 옷을 벗고 옆에 누웠다. 나는 취했지만 모든 상황을 감지할 수 있었다. 하지만 술기운이라고 스스로 변명하고 싶었다. 노파는 서서히 벌거벗은 내 몸을 더듬고 나와 포개져 누웠다. 나는 노파가 하는 대로 내버려 두었다. 그리고 그것은 외로움의 포개짐이라고 머릿속에 대뇌었다.

눈을 떴을 때 노파는 사라지고 없었다. 마치 승천하지 못한 이무기가 내 몸을 훑고 지나간 기분이었다. 설명할 수 없는 잡념이 휘몰아쳤다. 나는 서둘러 김 노인에게 달려갔다. 그리고 까닭 모를 눈물을 흘렸다. 김 노인은 아무 말 없이 등만 토닥여 주었다.

그 후, 노파는 찾아오지 않았고 김 노인을 따라 약초 캐러 다니는 동안 노파를 잊을 수 있었다.

산자락이라 그런지 초저녁부터 한기가 몰려왔다. 장작을 아궁이에 넣으며 더 추워지기 전에 항아리 굴뚝을 떼어내고 연통으로 바꿔야겠다는 생각을 했다. 한참을 쪼그리고 앉아 활활 타오르는 장작을 보고 있으니 시를 쓰지 않아도, 가족이 곁에 없어도 잘살고 있는 내 자신이 심장을 거세당한 동물처럼 느껴졌다.

노파와 몸을 섞은 후부터 밤이면 아내 대신 노파가 떠올랐다. 부스럭거리는 소리가 들리거나 개 짖는 소리가 나면 노파가 찾아온 것 같아 긴장됐다. 사실 궁금하기도 했다. 집을 찾은 건지, 아직도 떠돌고 있는 건지. 파출소에 알아볼까 하는 생각도 들었지만, 끝까지 책임지지 않을 바에야 참는 것이 현명할 것 같아 그만두었다.

새벽까지 방바닥이 뜨끈뜨끈했다. 오히려 한밤중보다 방바닥이 더 끓고 있었다. 군불이 아직 남아 있을 리 없는데, 부엌으로 가봤다. 노파였다. 노파는 내가 뒤에 서 있는 것도 모르고 웅크리고 앉아 아궁이에 장작을 계속 집어넣고 있었다.

이전보다 행색이 많이 초췌해 보였다.

"할머니, 뭐 하세요?"

"……."

노파는 고개도 돌리지 않고 군불만 지피고 있었다. 나는 무슨 말을 어떻게 꺼내야 할지 몰랐다.

"누룽지 끓일 건데 같이 드실래요?"

"……."

가을볕에 파삭하게 말려놓은 누룽지를 끓이는 동안에도 노파는 꼼짝하지 않았다. 나는 노파 옆에 쭈그리고 앉아 또다시 말을 붙였다.

"날씨가 추워졌죠? 그동안 어디 계셨어요?"

"난, 여기가 좋아."

노파는 엉뚱한 대답을 했다. 자세히 보니 사냥꾼에게 쫓긴 들짐승처럼 여기저기 생채기가 나 있었다. 나는 더는 노파를 밀어낼 용기가 없었다. 내 하잘 것 없는 생활에 노파가 끼어든들 어떤 큰 이변이 생기는 것도 아닌데, 굳이 외면하고 싶지도 않았다.

누룽지 두 그릇을 떠서 노파와 함께 툇마루로 올라갔다.

이별의 여름

돌고래 수명은 일반적으로 팔십 년 정도이지만 서커스단에서 훈련받은 돌고래는 사십 년밖에 살지 못합니다. 서커스단의 돌고래는 시멘트 벽 물속에서 음파탐지 기능을 하는 고유의 기능마저 잃어가고 사람처럼 신경안정제와 소화제를 먹으며 지냅니다.

그는 알몸으로 소파에 널브러져 TV소리를 듣고 있다. 낮 동안 달궈진 옥탑방은 한증막을 방불케 했다.

"더럽게 덥네!"

그를 떠받치고 있는 3인용 소파마저 불쾌한 신체 접촉처럼 그가 움직일 때마다 쩝쩝 소리를 내며 살갗에 달라붙었다가 떨어졌다.

소파는 작년 겨울 누군가 쓸 만큼 쓰고 버린 것을 아내가 원해서 끌고 온 것이다.

"다음에 넓은 집으로 가서 새 걸로 사자."

"당장 내일부터 저기 앉아 뜨개질을 하고 싶어."

그는 살아오면서 자신의 무능함을 여러 차례 확인했지만, 보잘 것 없는 것을 원하는 아내의 눈빛이 초라함을 가중시켰다. 차라리 백화점에서 명품 백을 원했더라면 자존심이 덜 상했으리라.

밤에 주워온 소파는 막상 아침에 보자 여기 저기 뜯기고 진짜 가죽도 아닌 인조가죽소파였다.

"그럼 그렇지. 누가 좋은 걸 버리겠어?"

"이왕 가져왔으니까 좀 쓰다 버리지 뭐."

소파를 보고 한숨을 쉬며 말하는 그를 보고 아내는 태연히 답했다.

오늘도 그는 정수를 기억하라며 길거리에서 팸플릿과 명함을 나눠주었다.

"정수기가 필요하시면 꼭 저 박정수를 찾아주십쇼. 더울 땐 음료수보다 얼음 나오는 미네랄 정수기가 최곱니다."

아버지는 아들이 정수기 영업을 하게 될 줄 알고 이름을 지은 걸까, 그는 아버지가 살아계셨다면 함께 술잔을 기울이며 우스갯소리처럼 물어보고 싶었다.

강남빌딩 407호

사무실에 들르자 꼰대 노 부장이 도표에 빨간 줄을 그어가며 그의 이름을 들먹거렸다. 이틀에 한번 꼴로 있는 영업회의는 영업사원 목을 죄는 고문회의다.

"박 대린 이름값 좀 하지."

"젠장! 이름을 바꾸든지 해야지."

그는 뒷자리에 앉아 작은 목소리로 구시렁거리다 밖으로 나와 버렸다.

당장 담배 한 모금이 급한데 엘리베이터를 타고 내려와 건물 한쪽 지정된 장소에서 피워야한다는 게 신경을 더 날카롭게 만들었다. 하마터면 엘리베이터 안에 있는 거울을 주먹으로 칠 뻔했다.

흡연 장소엔 두 명의 남자가 담배를 피우며 얘기를 나누고 있었다.

주머니에서 담뱃갑을 꺼내자 폐가 썩은 끔찍한 경고 사진이 눈에 확 들어왔다. 마치 현재 타들어가는 자신의 폐를 찍어 올린 것 같았다.

"쳇! 꼭 이렇게까지 해야 해! 담뱃값이나 올리지 말든지."

그는 부장에 대한 화풀인지 담뱃값 인상에 대한 화풀인지 모르게 큰 소리로 말했다. 옆에 있던 두 남자가 동시에 바라봤지만 신경 쓰지 않았다. 그는 욕이 나오려는 걸 간신히 참고 남은 담배

한 개비를 꺼내고 담뱃갑을 사정없이 구겨 던졌다.

그가 날마다 시멘트 바닥에서 이리저리 뛰는 이유는 오직 한 가지다. 붙잡힌 돌고래처럼 도시에서 살아남기 위해서. 그동안 뛰어난 성과는 없었지만 정말 열심히 팔았다. 팔기 위해서 태어났다는 생각까지 했다.

하루 한 건 하기도 힘든 정수기 판매를 오늘은 두 건이나 성사시켰다. 하도 떠들어대서 갈증은 났지만 모처럼 괜찮은 기분을 맛보았다. 아무래도 어제 돌고래가 바다에서 뛰노는 꿈을 꾼 것이 행운을 가져다 준 것 같았다. TV를 켜놓고 잠들었는데 놀이공원에서 쇼를 하는 돌고래에 대해 세세히 알려줬고 그는 현실인지 꿈인지 모를 어설픈 잠에 서서히 빠져 들었다.

돌고래가 헤엄을 치다 그를 보며 미소 지었다. 그러더니 귀에 대고 끼르륵 소리를 내며 웃었다. 돌고래 소리에 놀라 눈을 떴을 땐 새벽 2시였고, TV에선 개그프로를 재방송 하고 있었다. 방청객 웃음소리가 돌고래 소리와 겹쳐 들린 것 같았다. 요즘은 그가 TV를 보는 건지 TV가 그를 보는 건지 알 수 없을 정도다. 잘 때도 TV를 끄지 않았다. 아내가 돌아온다면 잠들지 않았다고 알려주고 싶었다.

그는 대형마트보다 두 시간 먼저 영업을 종료한다. 지하철 시간을 놓치면 안 되기 때문이다. 몇 달 전까지만 해도 집에 가기 전에 해야 할 일이 있었다. 그건 아내가 적어준 메모지를 보며 장을 보는 거였다.

"심심했지? 오늘은 뭐하고 있었어?"

"그냥."

그는 퇴근해서 언제나 그렇게 물었고, 아내는 어떤 질문이건 그냥이라고 답했다.

아내의 나이는 스물한 살. 그와는 열세 살 차이다. 아내를 처음 만난 그날도 대형마트 앞에서 정수기 영업을 하고 있었다. 몇 년간 같은 자리를 지키고 있어서 낯익은 얼굴들이 많은 곳이다. 대부분 장을 보러 온 마트 고객이지만 자주 얼굴을 대하다 보면 친근해져 곧 자신의 고객이 될 거라 여기고 있다. 그는 원래 근성 있는 성격은 아니지만 영업인의 질긴 긍정마인드가 어느새 마음 한쪽에 자리 잡고 있었다.

여름엔 정수기가 다른 철에 비해 잘 팔리기는 하지만 몇 배로 힘들다. 몇 마디 안 해도 갈증이 나고 땀이 와이셔츠 밖으로 새어 나올 지경이다. 정수기를 팔지만 정작 정수기 물을 마실 수 없는 것이 정수기 판매자의 일이다. 타사의 생수병을 들고 있을 수도 없다. 얼음이 나오고 필터교환도 석 달에 한 번씩, 미네랄이 살아 있는 깨끗한 물이라는 것을 시원한 표정으로 강조해서 말할 뿐이다. 정작 그에게 필요한 건 물, 물이다.

아내를 처음 본 건 일을 끝내고 마트로 들어갈 때였다. 음료수를 뽑아먹기 위해서였다. 땀에 찌든 바지주머니에서 동전을 꺼내 자판기에 먹이를 주듯 하나씩 집어넣었다. 자판기가 토해놓은 이온음료는 푹 삶은 가지 같은 그의 몸을 식혀주기에 충분했다. 잠시 앉을 만한 곳이 있는 지 마트 안을 두리번거렸다. 열대야 때문인지 마트는 밤늦게까지 붐볐다. 고객센터 의자엔 잠자리에서나 입을 만한 옷차림을 한 사람도 있었다. 어찌됐건 그들도 물건을 사는 것보다 몸을 식힐 장소가 필요한 모양이었다.

두리번거리는 사이 한 여학생과 정면으로 부딪혔다. 그가 먼저 미안하다는 말을 했다. 하지만 여학생은 아랑곳하지 않고 그 자리를 얼른 피해버렸다. 교복을 입은 뒷모습으로 보아 여고생처럼 보였다. 처음엔 한쪽 손으로 볼을 감싸고 있어 세게 부딪힌 줄 알고 내심 놀랐었는데, 여학생은 그와 부딪힌 후에도 다른 사람과 부딪히며 사람들 사이로 휩쓸려 사라졌다. 고개를 너무 숙이고 다닌다는 생각이 들었다.

앉기를 포기하고 라면묶음을 들고 시식코너를 돌았다. 체면 생각하지 않고 만두와 햄을 찍어먹다 보니 허기를 조금이나마 면할 수 있었다. 혼자 살면서 늘은 건 식탐뿐이란 생각이 들었다. 몸과 마음의 공허함을 피할 수 있는 방법으론 말을 하거나 입 안에 먹을 것을 집어넣는 행위가 제격이었다. 자취방에 들어가 배가 고프면 잠도 오지 않았다. 그래서 빠뜨리지 않고 사가는 것이 라면과 즉석 조리식품이었다. 그는 포장된 새우튀김을 들었다가 제자리에 놓고 김밥을 집어 들었다.

마트 안에 들어온 사람들에 비해 계산대는 한산했다. 지갑에서 카드를 꺼내들자 좀 전에 그와 부딪혔던 여학생이 어느 틈에 김밥 위에 빵을 한 묶음 올려놓았다. 파장 때는 빵을 묶음으로 저렴하게 판매하고 있어 인하된 가격표가 겹으로 붙어 있었다. 계산원은 일행일 거라 생각했는지 위에 올려놓은 빵부터 바코드를 찍었다. 이어서 김밥과 라면도 능숙한 손놀림으로 찍어버렸다. 다시 물리기도 애매했다.

그는 여학생의 얼굴을 쳐다봤다. 여학생은 아무 말 없이 빵만 바라보고 있었다. 그는 계산대를 통과한 것들을 재활용 봉투에 담아 나왔다. 여학생이 그 뒤를 따랐다.

"학생, 배가 고프면 사정 얘기를 하는 게 먼저 아닌가?"

"갚을게요."

여학생은 당돌했지만 말이 끝나기가 무섭게 눈물을 뚝 떨어뜨렸다. 그는 눈물 한 방울이 그렇게 큰 덩어리로 느껴지긴 처음이었다. 따져 물은 게 미안한 마음이 들 정도였다. 그는 안절부절 못하다 빵을 꺼내주었다.

그렇게 그녀와의 동거가 시작되고 2년이란 세월이 흘렀다. 그는 동거를 시작하면서 끝까지 사랑하리라 맹세하고 그녀를 안았다. 그리고 단 한 번도 아내가 아니라고 생각한 적이 없다. 혼자만의 생각이라도 상관없었다.

아내가 사라진 지 130일.

아내를 찾지 않을 생각이다. 찾는다고 해도 그녀를 바다로 돌려보내야 하니까.

아내는 동거 중에도 대형마트에 자주 왔었다. 그가 보고 싶어 오는 것이 아니라는 것쯤은 그도 알고 있다. 아내는 마트 2층에 있는 수족관을 보러 오는 것이었다.

"물고기가 되고 싶다."

"헤엄치고 싶어?"

"저걸 보고 있으면 숨이 좀 트이는 것 같아."

아내는 수족관을 자세히 들여다보며 말했다.

"이사 가면 사줄게. 지금은 집이 너무 좁아. 소파까지 들여놔서 움직이기도 힘들잖아."

그는 어린아이를 달래듯 말했다.

아내는 소파를 갖다놓고도 뜨개질을 하지 않았다. 그해 겨울엔 시멘트벽에 갇힌 돌고래처럼 시름시름 앓기만 했다. 그리고 밤마다 잠이 오지 않는다고 옥상에서 하늘을 올려다봤다. 음식을 해놓고도 그가 먹는 것만 바라볼 때가 많았다. 그럴 때면 그는 아내가 자기를 만나지 않았다면 좀 더 나은 삶을 살았을 텐데, 하는 자책을 했다.

얼마간 아내를 찾기 위해 일을 하지 않았다. 하지만 그가 아내에 대해 아는 건 작고 동그란 얼굴뿐이었다. 이름도 미심쩍었다.

"같이 살게 됐는데 이름은 알아야겠지?"

"세화라고 부르세요."

"세화? 교복 뺴지랑 같네."

"아저씬 정수기랑 같잖아요."

아내는 전단지에 붙은 그의 명함을 보고 말했다.

그녀가 이름마저 거짓으로 말했다면 찾아낼 길이 없다. 이 동네에선 본 적 없는 세화라는 뺴지가 달린 교복. 인터넷에 나온 세화 고등학교는 전국에 다섯 곳. 전화를 걸어보고 싶어도 아내의 이름이 김세화인지 박세화인지도 모른다. 사람들은 어린 동거녀를 아내라 부르는 미친놈이라고 욕할 게 뻔했다. 아니면 미성년자 납치범 내지는 강간범.

아내는 처음에만 존댓말을 하고 그를 아저씨라고 불렀을 뿐, 잠자리를 함께 한 이후엔 존댓말도 아저씨란 호칭도 쓰지 않았다.

찌는 더위가 아내를 잊는데 도움이 되고 있다. 폭염 속에 서너 시간을 서 있으면 살인을 저지르고도 뻔뻔하게 성질을 부릴 정도다. 그는 자신을 고문하듯 태양과 맞서고 있다. 어릴 적 학교 운동장에서 돋보기로 신문을 태우려 뙤약볕아래 쪼그리고 있었던 적이 있다. 얼마나 뜨거우면 종이에 불이 붙을까 의심스러워

손등에 돋보기를 대보기도 했다. 따갑다 못해 타들어가는 고통이 느껴졌다. 그때의 뜨거움이 그의 정수리에 꽂힌 느낌이었다. 몇 차례 앞이 뿌옇게 보이다가 머릿속에서 스파크가 일어났다. 순간, 기억의 회로는 끊기고 잡생각도 녹여버렸다. 그래서 오늘도 버텼다. 그래서 아내를 잠시 잊었다.

집으로 가는 길, 지하철 입구에 자두 바구니가 줄줄이 놓여 있었다. 아내는 빨갛게 익은 자두를 유난히 좋아했다. 항상 자두향을 깊숙이 들이마신 다음 먹었다.

바지주머니에 손을 넣어보았다. 점심에 백반을 사먹고 남은 돈이 손아귀에 쥐어졌다. 구겨진 지폐를 펴자 자두 한 바구니는 살 수 있을 것 같았다.

오늘따라 자두 향이 아내의 머리 결에서 나던 향기처럼 코끝에 맴돌았다. 동시에 며칠 전부터 돈이 아까워 끊었던 담배 한 모금이 간절했다. 그는 공평하게 두 가지 모두 포기하기로 했다. 하지만 몇 걸음 안 가서 발길을 돌렸다. 그리고 자두를 샀다. 어차피 아내 생각에 잠을 못 이룰 바에 자두라도 품고 자고 싶었다.

자두는 생각보다 쌌다. 그런데 자두봉지를 들고 지하도를 서너 계단쯤 내려오는데 계단참에 푸른 종이가 눈에 들어왔다. 확인하기 위해 가까이 갔다. 만 원짜리 지폐였다. 지폐 바로 옆엔 생각지도 못한 구걸 통이 놓여있었다. 걸인은 보이지 않고 구걸 통만 있다는 게 좀 이상했다.

'누가 흘린 거겠지, 적선하려던 사람이 구걸 통에 못 넣었겠어? 바람 한 점 없는 날씨에 날아갔을 리도 없고.'

그의 머릿속에 양심이라는 슬로건이 불쑥 튀어나오자 이런저런 변명을 갖다 붙이며 지폐를 주워 얼른 주머니에 넣었다. 구걸 통을 슬쩍 보니 천 원짜리 두 장과 동전이 담겨져 있었다. 그는 걸인이 돈을 허투루 관리하는 것 같아 한심하다는 생각까지 했다.

어릴 적 그는 여동생과 단둘이 정부보조금으로 살아갔다. 가난한 살림에 아버지가 병이 들자 엄마는 집을 나가버렸다. 비겁하고 의리 없는 여자라고 생각했다. 그리고 얼마 후, 정수라고 이름 지어준 무능력한 남자는 차가운 땅에 묻혀버렸고, 겨울의 해는 왜 여름처럼 뜨거울 수 없는지 원망하면서 다섯 해의 추위를 견디자 어른이 되어있었다.

어린 동생과 둘이 교회를 다니며 헌금 통에 돈을 넣는 척 하면서 돈을 집어간 적이 몇 번 있었다. 라면을 사기 위해서였다. 처음에는 양심에 찔려 하나님께 어른이 되면 몇 배로 갚겠다고 했는데, 나중엔 죄처럼 느껴지지 않았다. 그래서 교회 헌금을 하나님이 주시는 주일 용돈처럼 슬쩍슬쩍 가져다 썼다.

여동생은 고등학교를 졸업하던 해에 동네 사진관 아들한테 시집을 갔다. 사진관 아들은 여동생과 같은 고등학교를 다녔는데, 공부는 접어두고 여동생을 밤낮없이 쫓아다녔다. 동네에 소문이 나자 사진관 주인은 무슨 일이 생기기 전에 결혼을 시키는 게 낫 겠다며 아들을 데리고 그의 집을 찾아왔다. 그는 여동생이라도 가난을 벗어나게 해주고 싶기도 하고 사진관 아들을 죽지 않을 만큼 패주고도 싶었다.

아내가 그와 동거를 시작한 게 고3 때니까 여동생과 비슷한 나이에 철로역정에 뛰어들었다는 생각이 들었다.

급하게 구겨 넣은 만 원짜리 지폐가 바지 속에서 꿈틀대는 것 처럼 느껴졌다. 자기가 있을 곳이 아니라고 말하는 것 같았다. 순간, 구걸 통에 지폐를 넣어줄까 하는 생각이 들었지만 이내 헌 금 통에 돈을 넣는 것 같아 그만두었다. 그때였다. 누군가 세차 게 등을 후려쳤다.

"이런! 도둑놈의 새끼! 너 같은 놈은 콩밥 맛을 봐야혀!"

걸인이었다. 안경 쓴 걸인은 그도 처음 봤다. 걸인은 그의 멱 살을 잡고 지하도 위로 거칠게 끌고 올라갔다. 그 바람에 와이셔 츠 단추가 툭 떨어져 나갔다.

"이거 놓고 말해욧! 어차피 이건 당신 돈도 아니잖아!"

"내 바구니에 들어오면 내 돈이지 누구 돈이야 새꺄! 너 같은 놈들 땜에 내가 맘 놓고 화장실도 못가는 거 아녀!"

그는 창피해서 걸인을 뿌리치고 도망치고 싶었다. 하지만 손아귀 힘이 어찌나 센지 도저히 벗어날 수가 없었다. 잘못 걸려들었다는 생각이 스쳤다.

걸인은 한손으로 멱살을 잡고 다른 한손으로 핸드폰을 꺼내더니 누군가를 불렀다.

"나여 봉철이! 글씨 어떤 놈이 내 밥통을 건드렸어! 일루 빨리 와줘야 쓰것다! 그려. 그렇다니께."

기지들이 때로 달려들 것 같았다. 시둘러 이 어이없는 상황을 벗어나야만 했다. 그는 들고 있던 자두봉지로 통화하는 걸인의 얼굴을 있는 힘을 다해 쳤다. 순간 걸인의 안경이 벗겨지고 핸드폰이 바닥에 떨어졌다. 걸인은 어쩔 줄 몰라 하며 소리를 질렀다.

"워메! 이놈이 사람 치네!"

그사이 검은 봉지에서 튀어나온 자두 서너 알이 지하도로 굴러 떨어졌다. 마치 동굴에 빨간 꽃송이가 던져진 것 같았다.

그는 재빨리 그 자리를 피해 앞만 보고 달렸다. 한참을 달리다 뒤를 돌아보니 쫓아오는 사람이 없었다. 숨을 돌리려 공원벤치에 털퍼덕 앉았다. 매일 오가는 지하도인데 당장 내일 영업할 일이 막막했다. 그가 안경 쓴 걸인의 얼굴을 기억하는데 걸인이 그를 기억 못할 리 없었다. 당분간 아내를 찾기 위해 샀던 폐차직전의 아반떼 승용차라도 끌고 다녀야 할 것 같다.

생각이 꼬리를 무는 와중에 옆에 놓인 자두봉지 안에서 새콤한 향이 솔솔 풍겨왔다. 봉투를 열자 터진 자두가 몇 개 보였다. 터진 자두를 집어 한 입 베어 물었다. 과즙이 흘러내렸다. 생각보다 달았다. 그는 터진 자두를 모조리 골라 먹었다. 왜 여태껏 이 맛을 몰랐을까 싶을 정도로 매력적인 맛이었다. 두 번째 단추가 떨어져 나간 와이셔츠 사이로 바람이 들어왔다. 잠시 눈을 감았다.

아내는 어렸지만 음식을 잘 만들었다. 식당에서 몇 번 먹은 순두부찌개나 부대찌개 정도는 눈대중으로도 척척 만들어 놓곤 했다. 음식솜씨도 예술분야처럼 타고 난다는 생각을 처음하게 됐다. 그는 자취를 십년 넘게 했어도 음식만은 도저히 가망이 없다는 생각을 한두 번 한 게 아니다. 아내와 저녁을 먹고 나면 드라마를 보거나 심야영화를 보러갔다. 그리고 밤마다 아내를 깊이 안았다. 아주 작은 아내를.

집에 도착하자마자 잠이 쏟아졌다. 남은 자두 몇 알을 머리맡에 놓고 누웠다. 자두향이 좁은 방안에 퍼졌다. 마치 아내가 옆에 있는 것처럼 포근하게 느껴졌다.
'아내는 바다에 가기로 약속해 놓고 왜 떠나버린 걸까? 이틀만 참으면 함께 여행을 갔을 테고, 수족관보다 넓은 바다를 보면 떠

나고 싶은 마음이 바뀔 수도 있었을 텐데. 그리고 내가 정말 잘
해줬을 텐데……'

그는 매일 잠들기 전 똑같은 생각을 했다.

여동생이 찾아왔다. 오빠가 시원찮게 끼니를 때울 거라 생각
했는지 그가 좋아하는 열무김치와 밑반찬을 싸왔다.

"오빠, 열무국수 만들어 줄까? 국수는 있지?"

"아마 있을 거야. 싱크대 두 번째 서랍 열어봐."

여동생은 국수 삶을 물을 올려놓고 청소를 했다.

"좀 치우고 살아. 집 꼴이 이게 뭐야?"

여동생의 잔소리가 시작됐다. 잔소리 양만큼 외로움이 사라졌
다. 그는 여동생이 하는 대로 내버려두었다.

아내와 유일하게 입맛이 맞았던 게 비빔국수였다. 겨울에도
해먹었고 지난봄에도 함께 만들어 먹었다. 그때 남은 국수가 싱
크대 서랍 안에 그대로 놓여 있다. 여동생은 마치 배달 음식처럼
금세 열무 비빔국수를 만들어 내왔다. 국수를 보자 언제 입맛을
잃었나 싶게 군침이 돌았다. 그는 여동생이 앞에 있다는 사실도
잊은 채 순식간에 국수를 먹어 치웠다. 여동생은 절반도 안 먹은
상태였다.

"오빠, 나 봤어."

"뭘?"

"오빠 여자."

동생은 아내를 딱 한번 봤고, 오빠 여자라 불렀다.

"어디서?"

"이번 휴가는 섬으로 갔잖아. 그런데 거기서…….."

"섬? 대체 어느 섬?"

그는 흥분해서 여동생이 말을 끝내기도 전에 다그쳐 물었다.

"이작도."

"이작도?"

그는 되물으면서 국수에 들은 고추장이 신트림과 함께 올라와 얼굴을 찡그렸다.

"어디에 있는 거야? 배타고 가야하는 거니?"

그는 금방이라도 찾아 나설 듯 벌떡 일어서서 안절부절 못했다.

"앉아봐."

여동생은 침착했다.

"혼자가 아니었어. 이미 행색도 섬사람 다 된 거 같고."

"잘 못 본 거 아냐?"

그는 동생의 어깨를 잡으며 자세히 알려 달라고 했다. 눈이 벌겋게 충혈 된 상태로.

방아머리에서 배를 탔다. 여객선은 휴가철이라 그런지 북적였다.

그는 갑작스럽게 나타난 자신을 보고 놀랄 아내의 모든 표정을 떠올렸다. 그리고 무슨 말을 먼저 꺼내야 어색하지 않을까 생각했다.

언젠가 아내는 그에게 물었다.

"내 성격 이상하지?"

"뭐가?"

"나도 날 잘 모르겠어. 좋아하던 것도 갑자기 혐오스러워 보이고……. 난 아무래도 정신적으로 문제가 있나봐."

아내는 무슨 얘기를 꺼내려다 말고 머리를 흔들었다.

"사람은 다 그래. 어느 책에서 보니까 사람은 원래 컬러풀하대. 이 색깔 저 색깔 섞여있는 거 말야."

그는 어린 아내에게 조금은 근사한 말로 위로해 주고 싶었다.

"정말?"

"나도 하루에도 몇 번씩 이랬다저랬다 갈팡질팡 하는 걸."

그는 아내의 고민을 묻지 않았다. 그녀에 대해 알아갈수록 그만큼 함께 있는 시간이 줄어들 것 같아 불안했다.

멀리 섬이 보였다. 저 안에 아내가 있다. 그리고 돌고래가 있다.

선착장엔 휴가철이라 펜션에서 마중 나온 봉고차가 줄지어 있었다. 그는 여동생이 묵었던 '수국' 펜션에 예약을 했다. 마중 나온 수국 펜션주인은 50대 정도로 보이는 서글서글한 인상이었다. 그런데 정면에서 본 이미지와는 다르게 운전할 때 보니 오른쪽 옆얼굴에 긴 흉터자국이 있었다.

"어째 혼자 오신데다 짐도 없습니까?"

"아, 예. 그냥 가볍게 바람 쐬러 왔습니다."

"예약을 취소하는 사람이 있어 행운을 잡으신 겁니다. 요즘 같은 성수기엔 이런 섬도 방 구하기가 하늘에 별 따기죠."

"저는 이작도라는 섬이 여기에 있는 줄도 몰랐습니다."

"몇 년 전에 방송에 나가고부터 이리 사람이 몰리네요."

"그런가요? 그래서 유명해졌군요."

그는 아내를 찾으려면 펜션주인의 도움이 필요할 거라 생각됐다. 지금이라도 당장 아내 사진을 들이대고 이 여자 못 봤습니까? 하고 물어보고 싶었다. 하지만 아내의 얼굴이 찍힌 건 핸드폰에 저장된 단 하나의 동영상이 전부다.

아내는 사진을 찍는 것도 찍히는 것도 싫어했다.

"영혼이 빠져 나갈지도 몰라."

"인디언이야? 원시인처럼 왜 그래?"

그는 봄에 아내와 유원지로 놀러가서 오리 배를 타고 호수를 배경으로 사진을 찍자고 했다. 그동안 둘이 함께 찍은 사진이 하나도 없었다. 처음엔 두 사람의 관계가 명확하지 않아 찍을 일이 없었고, 나중엔 불확실한 미래 때문에 아내가 증거물을 남기고 싶지 않아 보였다.

지나가는 사람에게 사진 찍어 달라고 부탁하려 하면 아내는 미안하잖아, 하며 의도적으로 피했고 독사진이라도 찍어주려 하면 나중에 찍을 거라며 등을 돌려버렸다. 그나마 요리하는 모습을 핸드폰 동영상으로 찍은 게 전부다.

수국펜션은 이름처럼 정원에 연보랏빛 수국이 가득 피어있었다. 도시에서 본 수국보다 훨씬 송이가 컸다. 먼저 투숙한 사람들은 가든 테이블에 모여 점심을 먹고 있었고 수돗가에서 발을 씻는 아이들도 있었다.

"크네요."

그가 수국을 보며 펜션주인에게 말했다.

"집사람이 좋아해서 심어놓고 펜션이름도 수국펜션으로 지은 겁니다."

"아, 예."

"국화 방을 쓰세요. 혼자 쓰기엔 넓고 편안할 겁니다. 그리고 이 동네엔 식당이 별로 없어요. 손님처럼 준비를 안 해온 사람한 테는 우리 집사람이 가끔 상을 차려주기도 합니다. 필요하시면 말씀하세요."

펜션주인이 키를 넘기며 말했다.

그는 건성으로 듣고 일단 방을 확인한 후 키를 주머니에 넣었다.

"근데 풀등이 어디죠?"

그는 여동생이 아내를 봤다는 바닷가를 물었다.

"이 밑으로 5분만 가면 바닷갑니다. 물이 빠지면 커다란 모래섬이 생기는데 그게 풀등입니다. 거기서 조개도 캐고 게도 잡아보세요. 참, 배낚시 좋아하면 저랑 두어 시간 뒤에 나가보시겠습니까?"

"아, 아닙니다. 그냥 바다나 보죠 뭐."

"그럼 그러세요."

펜션주인은 재미없다는 듯 다른 방에 투숙한 사람이 있는 쪽으로 걸어갔다.

그는 마음이 급해졌다. 금방이라도 아내를 만날 것만 같았다. 빠른 걸음으로 풀등을 향하며 주위를 두리번거렸다.

사람들에게 길들여지지 않은 섬은 휴가철이래도 고즈넉함이 느껴졌다. 북적거리는 해변과는 차원이 달랐다. 소나무가 많은 야산 앞으로 해수욕장이 보였다. 수영하는 사람들이 몇 있고 멀리 바위에서 낚시하는 사람들도 있었다.

"도대체 풀등은 언제 나타나는 거야."

그는 작은 섬에서 사람 찾는 일쯤은 아무 것도 아니라고 생각했는데 바다를 보자 갑자기 막막해졌다. 물이 자취도 없이 빠져

버리듯 아내도 영영 못 찾을 것 같은 불길한 예감이 엄습했다.

바닷가에 나온 사람들의 얼굴을 유심히 살폈다. 모자를 쓴 여자들은 가까이 다가가서 확인했다.

아니다. 또 아니다. 아내와 비슷하게 닮은 여자도 없다.

'집집마다, 아니 펜션마다 확인해야 하나?'

아내도 잠시 머무는 것이라면 펜션에 있을 것 같았다. 동생의 말대로라면 일행이 있다고 했는데, 그는 일단 섬 전체를 돌아봐야겠다고 마음먹었다.

길이 난 곳은 어디든 휘젓고 다녔다. 삼신할매 약수터에서는 아내와 비슷한 여자의 뒷모습이 보여 급히 뛰어 내려가다 다리를 삐끗했다.

선착장까지 한 바퀴 도는데 네 시간이 넘게 걸렸다. 전혀 엉뚱한 모습이래도 여자면 무조건 가서 얼굴을 확인했다. 그 사이 변했을 수도 있으니까.

조개 캐는 체험장에 여자들과 아이들이 몰려있었지만 거의 여행객들이었다. 그는 해가 뉘엿뉘엿 질 때 쯤 다시 수국펜션으로 발길을 돌렸다.

이런 작은 섬에 아내가 왔을 리 없다. 분명 여동생이 잘못 본 것이다. 여동생은 어려서도 눈썰미가 없었다. 그는 갖가지 이유를 갖다 대며 휴가 온 셈치고 마음을 조금 느긋하게 갖기로 했다.

그러자 갑자기 시장기가 돌았다. 펜션주인 말대로 주인아주머니에게 부탁해서 저녁식사를 하기로 마음 먹었다.

펜션에 돌아오자 한밤중이 되었다. 가든 테이블에는 펜션주인과 투숙객처럼 보이는 남자 둘이 회를 먹고 있었다.

"쐬주에다 이거 한 점 드시고 들어가세요. 제법 큰 우럭이 잡혔어요."

펜션주인이 그를 보고 손짓하며 큰소리로 말했다.

"아, 아닙니다. 회는 됐구요. 실례가 안 된다면 저녁 좀 주실 수 있나요?"

그는 조심스럽게 펜션주인에게 물었다.

"아직 저녁을 못 드셨구먼. 기다려보슈. 다 먹고 살자고 하는 일인데 굶어서야 쓰나."

"죄송합니다."

"죄송하긴. 우리 마누라는 아직 팔팔한 이십대요. 아직도 나를 선생님이라고 부른다니까. 꺼억~"

펜션주인은 취했는지 큰소리로 마누라 자랑을 하더니 자리에서 일어나 안채로 들어갔다. 가는 뒷모습이 휘청거렸지만 애써 똑바로 걸으려 했다.

"저희도 보고 깜짝 놀랐습니다. 딸인 줄 알았다니까요."

"아, 예."

함께 앉아있던 한 남자가 펜션주인이 마셨던 소주잔을 털어버리고 그에게 술을 권했다.

"아, 됐습니다."

그는 손사래를 치며 술자리에 방해가 되는 것 같아 자리를 피해주었다.

풀벌레 소리가 요란하게 들렸다. 하늘을 올려다보자 생각보다 별이 많지 않았다. 안채로 들어간 펜션주인은 한참을 기다려도 소식이 없었다. 회를 먹던 두 남자도 막잔을 비우고 방으로 들어가 버렸다. 그 역시 국화 방으로 들어가서 기다리기로 했다.

국화 방은 작은 펜션치곤 이부자리도 깨끗하고 필요한 주방 도구가 모두 갖춰져 있었다. 몸만 덜렁 와서 살아도 좋겠다는 생각이 들었다. 오래 산 옥탑방에서 느끼지 못한 안정감이 이곳에서 느껴졌다.

뱃속이 먹먹해왔다. 참다못해 안채로 직접 가보기로 했다. 아무래도 주인남자가 안주인에게 말도 않고 취해서 골아 떨어져버린 것 같았다. 그는 운동화를 구겨 신고 안채로 향했다. 그런데 안채로 다가갈수록 말다툼 소리가 섬의 정적을 깨고 있었다. 여자들은 늦은 시간에 밥 차리는 걸 싫어하는데, 괜히 자기 때문에 부부싸움이 난 거 같아 미안했다.

"선생님, 그런 남자였어?"

"그럼 넌? 아무도 모르는 섬에서 살고 싶다고 하더니, 말없이 떠나버린 건 너잖아!"

"언제까지 그럴 거예요? 내가 다시 떠나길 원하는 거예요?"

"가! 가버려! 우리한테 남은 게 뭐있니?"

"그땐 너무 무서웠어요."

"결국 나를 파렴치한으로 만들어버리는구나."

"나도 나를 모르겠어요. 난 아무래도 정신적으로 문제가 있나 봐요."

여자가 울었다. 그리고 곧바로 그릇 깨지는 소리가 들렸다. 그는 국화 방으로 발길을 되돌렸다.

아침에 안개가 심하게 내렸다. 서너 발자국만 앞서 가도 뒷사람이 안 보일지경이었다. 펜션주인은 마당을 쓸며 아침 식사 준비를 하는 투숙객들에게 오늘은 바닷물이 늦게까지 안 빠져 조개도 잡기 어렵고 안개 때문에 배낚시도 힘들 것 같다고 알려줬다. 어제처럼 다시 친절한 말투였다. 하지만 펜션주인은 그를 보고도 어제 왜 식사가 준비되지 못했는지에 대해선 언급하지 않았다. 그저 아무 일 없는 듯 무심하게 지나쳤다.

그는 안개 속을 걸었다. 풀등으로 가는 길에 짙은 안개가 내려앉아 구름 속을 걷는 기분이었다. 안개 속에서 파도소리가 들렸다.

아내가 헤엄을 치고 있다. 마치 인어처럼. 아내의 긴 머리카락이 수초처럼 흔들리며 물살을 간질이고 있다. 그는 자두향이 나는 아내의 머리카락을 어루만지려 손을 내밀었다.

때 이른 눈

역시 낮에는 나오지 말았어야 했다. 완수는 휠체어에 앉아 팔을 휘젓는 손녀를 보고 생각했다. 마치 자기를 쳐다보라고 사람들을 부르는 것만 같았다.

백발의 완수는 인간의 냉정함이든 동정이든 간에 사람들 앞에 손녀를 내보이는 게 자신의 업보를 드러내는 것 같아 싫었다. 먼저 세상을 떠난 아내는 짜증 한번 내지 않고 손녀를 돌봤다. 아내가 꿈에 보이면 치마 끄트머리라도 붙들고 저세상으로 함께 미끄러져 내려가고 싶었다. 그래서 아침이면 메마른 눈이 촉촉이 젖어있을 때가 많았다.

완수의 남은 인생은 지체장애 손녀 치다꺼리로 채워지고 있었다. 손녀는 얼마 전부터 생리가 시작되고 가슴도 몰라보게 나왔다. 생리대나 브래지어 같은, 여자들이 쓰는 물건을 준비해 둬야 하는데 가까운 친구에게 조차 물어보기 곤란한 일들이 생겼다. 하루에도 몇 번씩 장애인복지센터로 보내야겠다고 다짐하지만 핏줄의 인연은 늙은이 생목숨 끊기만큼 어려운 일이었다.

완수는 집밖으로 나오면 으레 슈퍼마켓부터 들렀다. 정신연령이 낮은 손녀는 아이스크림을 손에 쥐어줘야 가만히 있었다. 완수가 잠시라도 마음 편히 바깥공기를 쐬려면 어쩔 수 없었다. 하지만 아이스크림은 손녀가 절반도 먹기 전에 녹아내리고 있었다.

"가을인데도 덥다. 작년처럼 여름에서 겨울로 곧장 넘어가려나 보다."

완수는 손녀딸의 얼굴을 닦아주며 말했다.

아이스크림은 어느새 손녀 턱밑에서 흘러내려 무릎에 묻히고 바닥에 떨어졌다. 흘린 아이스크림에 개미들이 모여들었다. 한 마리는 휠체어까지 타고 올라왔다. 완수는 올라오는 개미를 손가락으로 튕겨내며 손녀가 개미로 태어났으면 이보다 행복했을까, 하고 생각 했다. 그리고 죽는 날까지 죗값을 고스란히 떠안은 기분이 들어 가슴이 죄여들었다.

태어날 때부터 사지가 부자연스러운 손녀를 완수가 직접 외동딸 세정의 몸에서 받아냈다. 그때 세정의 나이는 열여섯 살이었다. 엎친 데 덮친 격으로 아내가 자궁암 투병을 하고 있을 때였다. 세정은 엄마가 그 지경이 됐는데도 한없이 겉돌기만 했다. 고등학교 윤리 교사였던 완수는 딸이 어려서부터 자신의 체면을 깎아 먹는 일이 없도록 엄하게 가르쳤다. 하지만 세정은 사춘기가 되면서 걷잡을 수 없이 엇나갔다.

"나한테 이래라 저래라 하지 마! 내가 어떻게 살던 내 인생에 끼어들지 말라고!"

세정은 자기 생각을 말할 때 유독 내 인생이란 말을 많이 했다.

"그래도 고등학교는 마쳐라. 시간이 흐르면 네가 얼마나 잘못하고 있는지 알게 될 게다."

완수는 복받치는 감정을 억누르고 딸아이를 설득했지만 딸을 이길 순 없었다. 정말 딸은 딸의 인생을 살았다.

늦은 시간 세정의 교복에 밴 술과 담배 냄새는 노숙자들에게나 날법한 그런 냄새였다. 완수가 딸이 임신했다는 것을 처음 알게 된 건 배가 아프다고 화장실에서 기어 나올 때였다. 하지만 딸보다 아내가 먼저 병원에 실려 갔고 아내는 지속적인 항암치료가 필요한 상태였다.

"약도 안 먹고 그동안 어떻게 참은 거야? 아프면 아프다고 말을 해야 할 거 아냐."

"몸보다 마음이 아파서 살고 싶은 생각이 없었어."

아내는 등을 돌리고 말했다.

"나더러 뭘 어쩌라고? 당신까지 왜 그러는 거야!"

완수는 아내가 아프다는 사실보다 모든 걸 자신에게 떠넘기고 떠나려는 아내가 원망스러웠다. 마치 낭떠러지에 세 식구가 나란히 서서 떨어질 순서를 기다리고 있는 것 같았다.

며칠간 산부인과와 암환자 병동을 오가며 두 여자를 교대로 수발하던 완수는 다리가 풀려 주저앉고 말았다. 하지만 그것은 엄살에 불과했다. 병원에서 퇴원한지 이틀 만에 세정은 집에서 팔삭둥이 장애아를 출산했고, 완수는 손녀의 일그러진 얼굴과 몸을 보고 소리 없이 울었다. 태어난 핏덩이가 귀하다는 느낌보다 혐오스러워 보였다. 마치 딸의 몸에서 외계 생명체가 튀어나온 느낌이었다.

완수는 성씨도 모르는 손녀를 자신의 호적에 올렸다. 이름도 종이라고 붙였다. 아내는 아픈 몸으로 손녀 치다꺼리를 하다 종이가 세 살이 되던 해에 호적에서 지워졌다. 정말 사는 일이 종이처럼 얇다면 찢어버리고 싶을 정도로 울분이 치솟았다.

완수는 아내의 수술이 성공적이어서 회복된 걸로 생각했다. 의사도 이젠 위험한 고비는 모두 넘겼으니 안정만하면 된다고 했었다.

"빌어먹을! 그런 돌팔이가 무슨 의사야!"

아내가 다시 쓰러졌을 때 완수는 담당의사의 멱살이라도 잡을 기세였다. 하지만 이번엔 암이 문제가 아니라 기력이 쇠하여 병을 이겨낼 힘이 없었다는 얘기였다.

"잘 챙겨먹었어야지. 멍청한 마누라야."

완수는 아내를 보고 화를 냈고 결국 다시 입원을 시켰다.

그 와중에 세정은 유학을 보내 달라고 졸랐다.

"넌 엄마 걱정도 안 되니?"

"엄만 아빠가 책임져야 하는 거 아냐?"

"엄만 그렇다 치더라도 그럼 네 딸은 어쩔 셈이냐?"

"못 키우겠으면 갖다 버려."

"이런 나쁜 기지배!"

완수는 세정의 뺨을 두 차례 세게 때렸다. 한 차례로 끝낼 수 있었지만 고개를 쳐들고 노려보는 통에 또다시 내리친 것이다.

"아빠 땜에 내가 어릴 적부터 얼마나 스트레스 받은 줄 알기나해? 그 놈의 체면을 내가 묵사발 내주고 싶었단 말이야!"

"내가 뭘 어쨌는데?"

"아빤 뭐든 아빠 생각이 옳지? 식구는 어찌되든 말든 자식은 남 보기에 모범적이어야 하고 엄마는 현모양처야 하고!"

"그게 뭐가 잘 못됐다는 거냐?"

"아휴, 숨 막혀!"

세정은 악을 쓰고 뛰쳐나갔다.

완수는 결국 미국유학을 보내주고 말았다. 세정이 떠나고 한 달이 안 돼서 아내는 세상을 떠났지만 세정은 엄마의 임종도 보러 오지 않았다. 그리고 새 세상을 만난 것처럼 그곳에서 학교도 다니고 결혼도 했다. 하지만 결혼 생활은 일 년을 못 채웠다. 다행이라면 남편에게 받은 위자료로 한국에 와서 오피스텔을 사고 영어강사를 하며 나름 자기인생을 살아준다는 것이었다.

세정은 종이가 열네 살이 될 때까지 엄마노릇은커녕 안부 한번 묻지 않았다. 자기가 아이를 낳았다는 사실조차 까맣게 잊어버린 것 같았다. 완수는 통화할 때마다 시간나면 집에 들르라고 했지만 세정은 귓등으로도 듣지 않았다. 그런 딸이 다음 주에 재혼한다고 청첩장을 들고 왔다.

"뭐 하는 사람이냐?"

"나이는 많지만 상관없어. 궁상맞게 살기 싫어서 결혼하는 거니까. 아빠 그렇게 알고 있어."

딸아이는 언제나 당당했다.

"종이는?"

"종이라니?"

세정이 처음 듣는 이름처럼 되물었다.

"너무한 거 아니냐?"

"아빠야 말로 너무한 거 아냐? 이제 와서 나보고 어쩌라고?"

세정은 휠체어에 앉아 있는 종이에게 눈길 한번 주지 않고 자리에서 일어났다.

상견례에 나온 세정의 남편감은 완수와 비슷한 또래였다. 완수는 처음에 세정의 시아버지가 나온 줄 알고 웃으며 인사를 하다 세정이 늙은 남자의 팔짱을 끼며 내가 사랑하는 사람이야, 했을 때는 눈을 어디에 두고 무엇을 쳐다봐야할지 암담했다.

늙은 사윗감은 자기의 아들과 딸은 이미 결혼해서 분가한 상태라고 말했다. 세정만큼이나 당당했다.

"제가 본업은 화가인데 부동산에 손을 대서 돈을 좀 벌어놨습니다."

늙은 사윗감은 두 채의 빌딩을 가지고 있으니 임대사업만으로도 충분히 늦둥이도 키울 수 있다며 돈 자랑을 늘어놓았다.

빌어먹을 놈! 완수는 그 자리에서 욕이라도 뱉고 나가고 싶었다. 치솟는 울화를 참으려하자 십년 전에 끊은 담배 생각이 간절했다. 그리고 이내 딸아이가 이번엔 또 무엇을 떠넘길까, 걱정이 앞섰다.

"자식은 낳지 말고 살아라."

"무슨 얘기야 아빠. 나 이 사람 닮은 아들 낳고 싶어. 얼마나 귀엽겠어?"

완수는 늙은 놈을 남편이랍시고 말하는 딸아이가 정신박약아처럼 느껴졌다. 늙은 놈은 젊은 여자라는 사실 하나만으로 선택할 이유가 충분했겠지만, 완수의 눈엔 딸의 결혼이 이번으로 마지막이 될 거 같지 않았다.

상견례를 마치고 주차장으로 따라온 세정은 완수의 양복주머니에 재빠르게 무언가를 넣어주었다. 돈 봉투였다. 딸아이에게서 처음 받아보는 돈이었다. 완수는 얼결에 봉투를 열어보고 적잖이 놀란 표정을 지었다. 퇴직금과 맞먹는 액수였다. 삼십년 간 교직에서 몸담은 대가와 딸과 손녀딸을 키워 준 대가가 비슷하게 결산되는 것 같아 기분이 묘했다.

"아빠 필요한 거 있으면 사고 결혼식 때 멋지게 하고 와야 해."

세정의 목소리는 어전히 철부지 어린아이처럼 들떠 있었다.

돈을 받음으로써 암암리에 결혼을 허락한 꼴이 되어 어이가 없기도 했지만 완수는 여전히 딸아이를 이길 힘이 없었다. 하루하루 무기력하게 살아왔음이 원인이리라. 그것은 인내가 아닌 체념에 가까웠다.

아내가 힘없이 스러져가는 모습을 보며 완수는 세상에 용납할 수 없다고 규정지을 만한 것은 없다고 생각했다. 그나마 딸에겐 관대한 편이었지만 아내가 하는 일은 젊어서부터 사소한 것까지 일일이 따지고 까다롭게 굴었다.

"교육자의 아내가 사치스러운 옷이나 사고 말이야. 당장 가계부 써! 월말에 검사할 테니까."

마치 학생을 훈계하듯 했다.

수십 년간 아이들 앞에서 윤리적인 삶에 대해 떠들어 대던 자신이 아내에겐 치졸한 남편이었다는 생각이 들었다.

같은 학교 교직원이었던 덕만이 자기 집에서 바둑이나 두자고 불렀다. 그 역시 퇴직을 한 처지였다. 아내가 살아있을 때는 완수 쪽에서 그를 불렀지만 요즘엔 주로 덕만이 자기 집으로 부른다. 그나마 다리 뻗고 쉬게 해주는 유일한 친구다.

덕만의 집은 완수의 집에서 걸어서 30분 거리에 있다. 완수는 항상 종이를 휠체어에 태우고 산책 삼아 걸어갔다. 그런데 얼마 전에 덕만의 아내가 만들어 준 칼국수를 먹고 종이가 옷에 변을 보는 바람에 큰 낭패를 봤다. 바둑에 집중하고 있어서 종이가 끙끙 댔는데 알아차리지 못한 것이다. 그래서 그 뒤로는 혼자 갈 상황이 되지 않으면 외출을 포기했다. 오늘은 파주에 사는 여동생이 김치와 밑반찬을 갖다 주러 오는 바람에 종이를 맡길 수 있었다.

"오빠, 미안해. 자주 와서 거들어야 하는데."

"너도 살기 바쁜데 뭘."

완수는 말은 그렇게 했지만 여동생이 근처로 이사라도 와주면 좋겠다는 생각을 했다. 그런데 뒤통수를 잡아당기는 여동생의 한마디에 다시 풀이 죽었다.

"오빠, 고년은 지 딸 데려간다고 안 해?"

"응? 으응."

여동생은 언제나 세정을 고년이라고 불렀다. 버린 자식이라도 남이 뭐라고 하면 듣기 싫은 게 부모 마음일까, 완수는 덕만의 집으로 가는 내내 발걸음이 무거웠다.

덕만은 수십 년간 써온 일기장을 바탕으로 수필집을 낼 거라고 했다.

"자넨 살아온 세월이 책으로 낼만큼 그렇게 아름다웠나?"

"사람들에게 도움이 될까 해서."

"도움? 내 자식도 내 맘대로 안 되는 세상이야."

완수의 냉정한 한마디에 덕만은 짐짓 실망한 표정을 지었지만 다시 말을 이었다.

"자랑할 건 없지만 사람들에게 위로가 된다면 그걸로 족하네."

"모르겠네. 나 같은 사람은 살아온 날이 부끄럽기만 하니까."

"자네가 잘못한 게 뭐있다고 부끄러워? 다 자네만큼만 살라고 해."

덕만은 오히려 완수를 위로했다.

바둑을 두는 동안 부엌에서 칼질하는 소리가 들렸다. 덕만의 아내는 손칼국수를 잘 만든다. 완수가 찾아오면 언제나 직접 반죽해서 썰어놓은 국수에 바지락과 호박을 넉넉히 넣어 먹음직스럽게 차려 내왔다. 게다가 금방 담은 겉절이는 일품이다. 가끔은 자장면을 배달시켜 먹기도 하는데 그럴 때마다 칼국수 한 그릇이 간절했다. 완수는 언젠가부터 바둑 두는 재미보다 칼국수를 얼어먹기 위해 친구 집을 방문하는 기분이 들었다.

완수의 아내가 살아있을 때 한번은 덕만댁의 음식솜씨를 자랑했더니 아내는 볼멘소리로 쏘아 붙였다.

"그깟 칼국수 한 그릇에 감동 받으셨구랴!"

"언제 당신도 놀러 오라는데 한번 같이 가서 먹읍시다."

"나까지 나돌아 다니면 종이는 누가 봐요. 당신이나 실컷 드시고 오슈."

아내는 은근히 질투하듯 말을 하더니 이틀 후, 점심상에 바지락과 호박을 넣은 칼국수를 올렸다.

"역시 당신은 음식솜씨가 좋아. 말로만 가르쳐줘도 이렇게 잘 만드니 말이야."

"정말 맛있어요?"

아내는 완수가 젓가락질을 할 때마다 눈을 동그랗게 뜨고 물어봤다. 완수는 친구아내가 만든 칼국수와 모양은 비슷하지만 맛이 전혀 다른 아내의 칼국수를 맛있다고 몇 번이고 반복해서 대답하며 국물까지 비웠다. 그 뒤로 아내는 자신감을 얻었는지 덕만이 찾아와도 칼국수를 내왔고, 동네 아줌마들까지 불러놓고 칼국수를 끓였다.

"여보, 아파트로 이사하면 어떨까요? 주택은 고칠 곳도 많고."

"살던 데서 사는 게 제일 좋은 거야. 이 나이에 아파트로 옮기면 답답해서 어떻게 살려고 그래?"

"친구 집에 가보면 좋기만 합디다. 살기 편하구."

"쓸데없는 소리하지 말고 종이 얼굴이나 닦아줘."

완수는 초코아이스크림으로 범벅이 된 손녀 얼굴을 쳐다보며
말했다.

그때는 왜 그토록 아내의 말에 반대만 했는지, 종이를 돌보며
얼마나 힘들었을까 생각하면 완수는 금세 짠한 마음이 들어 입
맛을 잃었다.

결혼식 날 세정의 얼굴은 너무도 밝았다. 완수는 세정이 나이
보다 훨씬 어려보이는 것이 철이 안 들었기 때문이라 생각했다.
세정은 누가 봐도 삼십대 초반이 아니라 이십대 초반으로 보이
는 외모였다. 그런 세정에게 열네 살이 된 딸이 있다는 건 귀신이
아니면 모를 일이었다.

완수는 딸의 결혼식을 앞두고 하루가 다르게 야위어 갔다. 늙
은 놈한테 철부지 딸을 보내려니 속이 뒤집혀 며칠간 뜬눈으로
밤을 지새우고 밥을 차려먹는 일조차도 구차하게 느껴졌다.

결혼식 당일 신랑 신부가 식장에 나란히 서 있는 것을 보자 현
기증에 구역질까지 나왔다. 완수는 딸아이의 손을 늙은 사윗감
한테 넘겨주면서 마치 자신이 딸을 팔아먹는 파렴치한처럼 느껴
졌다.

"젠장, 나도 심봉사처럼 눈이라도 멀어버렸으면 이 꼴 저 꼴

안 봤을 텐데 말이야."

"자식은 크면 내 자식이 아니라는 걸 여직 몰랐나?"

"사는 게 부끄럽기만 하네."

완수는 피로연에서 덕만과 술잔을 기울이며 말했다. 청첩장도 제대로 돌릴 수 없는 처지였지만 딸의 자존심마저 뭉길 수가 없어서 가까운 친척 몇 사람과 친구로는 덕만을 유일하게 불렀다.

신혼여행을 떠나보내고 완수는 덕만의 집으로 향했다. 결혼식에 참석하기 위해 종이를 덕만댁에게 맡긴 것이다. 염치없는 일이었지만 딱히 맡길만한 곳이 없었다. 휠체어를 트렁크에 싣고 손녀딸을 뒷좌석에 앉혔다. 기운이 소진됐는지 다른 날보다 손녀딸이 배로 무겁게 느껴졌다.

완수는 집에 도착하자마자 종이를 안은 채 문지방에 털썩 주저앉고 말았다. 허리를 삐끗한 것이다. 악! 소리와 함께 한참을 그 상태로 있었다. 종이는 답답한지 심하게 뒤틀며 완수에게서 빠져 나오려고 했다. 종이가 품에서 빠져나가자 완수는 한손으로 허리를 짚고 다른 한손으론 벽을 짚고 간신히 일어났다. 하지만 다시 주저앉고 말았다. 허리가 숨도 못 쉴 정도로 끊어지게 아팠다. 완수는 심호흡을 몇 차례 하면서 기어서 침대위로 올라갔다.

새로 맞춰 입은 양복은 이미 구겨질 대로 구겨져 있었다. 귀한 것일수록 다루기 힘들고 보관하기도 힘들다는 걸 실크양복이 대신 말해주고 있는 것 같았다. 누워있는 동안 몇 차례 종이가 배고프다고 말하는 것 같았지만 일어날 수가 없었다. 차라리 오늘 결혼식장에 종이를 데려가서 늙은 놈한테 이제부터 이 아이는 당신 딸이야! 하고 넘겨 줘버렸다면 속이라도 후련했을 텐데, 완수는 자신의 거친 숨소리조차 구차해서 눈을 뜨고 싶지 않았다.

수면제를 오십 알 모으기도 했고, 허리띠를 욕조 샤워기 꽂이에 걸어보기도 했다. 생과 사를 오가는 생활이 두렵기도 하고 손녀딸이 기미리처럼 몸에 달라붙어 있는 것 같기도 했다. 완수는 세정이 단 한 번이라도 이런 지옥 속에 사는 애비를 돌아 본 적이 있을까, 하고 생각해 봤다.

예식장에서 웃고 있는 딸의 얼굴은 그늘이 없어 보였다. 애비가 자기 때문에 막바지 인생이 엉망이 돼버린 걸 조금이라도 안다면 그렇게 해맑은 웃음을 보이지는 못했으리라. 모든 것이 부질없는 일이라는 것을 알면서도 완수는 못난 애비의 하소연을 딸자식이 한 번쯤은 들어줬으면 싶었다.

종이보다 먼저 일어나야만 했다. 완수는 양복바지에 묻은 혈흔을 보고 종이의 상태를 알아차렸다. 생리일이 틀림없었다. 세정의 결혼식으로 깜빡했던 것이다. 완수는 침대 가장자리를 짚고 일어서서 종이 방으로 갔다. 다행히 종이는 이불을 깔고 잠들어 있었다. 문제는 옷과 이불에 묻어있는 생리자국이었다. 간신히 걷기는 하겠는데 허리를 숙이자 통증이 느껴졌다. 생리대가 놓여있는 서랍을 열었다. 생리대는 하나밖에 남아있지 않았다. 매달 생리대를 사러 다니기 낯부끄러워 대형마트에서 많은 양을 사다놨는데 떨어진 것이다.

급한 대로 동네 슈퍼로 갔다. 대형 생리대를 집어 계산대에 올려놓자 주인여자가 피식하고 웃었다. 손녀딸이랑 둘이 사는 것을 아는 처지인데도 노인네가 별걸 다 챙긴다는 표정이었다. 주름지고 핏기 없는 완수얼굴도 이럴 때면 붉게 달아올랐다.

다행히 종이는 작년부터 팬티에 생리대를 붙여 놓으면 혼자서 갈아입었다. 목욕도 욕조에 물을 받아 놓으면 혼자서 하겠다고 완수를 밀쳐냈다. 그전엔 정말 민망스러워도 모든 것을 완수가 일일이 해줘야 했다. 차라리 할머니가 살고 할아버지가 먼저 저세상으로 갔더라면 종이도 조금 덜 부끄러워했을 것이다.

완수는 성숙한 여자의 몸이 돼버린 종이가 안쓰러웠다. 생리를 한들 아이를 낳을 처지도 안 되고 이성을 알 나이가 되었어도 남자친구는커녕 결혼도 못해보고 늙어갈 것이 아닌가. 차라리 강아지처럼 중성화 수술이라도 시키고 싶었다.

어릴 적 완수의 시골 마을엔 몸은 정상인데 정신이 온전치 못한 처녀가 있었다. 처녀는 할머니와 살고 있었고 마을 사람들은 모두 선량해 보였다. 하지만 그 처녀는 일 년에 두어 차례 애를 떼어야만 했다. 누가 저지른 짓인지 캐내는 사람도 없었다. 마을 남자들은 기회가 포착되면 젊건 늙건 별 죄책감 없이 그 처녀를 건드렸고 결국 처녀는 자궁을 들어내야만 했다. 그 이후에도 처녀는 밖으로 다니며 아무렇지 않게 남자들과 관계를 맺었다. 그 처녀에겐 성이 일상적인 생활인 것 같았다. 남자란 인간은 참으로 처참할 정도로 성에 집착한다는 사실을 완수는 그때 깨달았다. 완수 역시 친구들과 그 처녀의 아랫도리를 봤으니 말이다. 또래 남자아이들은 그 처녀를 뒷동산으로 먹을 걸 준다고 불러냈고 그 처녀는 자기보다 한참 아래 동생뻘 남자애들이 시키는 대로 치마를 걷어 올렸다. 불현 듯 완수는 그 처녀가 손녀딸로 환생이라도 한 듯 진저리를 쳤다.

마당에는 벌써 국화꽃이 지고 있었다. 노랗고 선명했던 꽃송이를 제대로 보지도 못하고 가을을 흘려보냈구나, 하는 생각이 들자 가을바람이 서늘하게 느껴졌다. 완수는 파스를 허리에 덕지덕지 붙이고 마당을 천천히 걸어봤다. 허리 상태가 조금 부드러워진 것 같았다. 그때 전화벨이 울렸다. 친구 덕만이가 아니면 여동생에게서 온 전화일 것이다. 마음은 급했지만 천천히 걸어갔다. 그리고 전화기를 집자마자 크게 심호흡부터 했다.

"아빠, 왜 이렇게 전화를 늦게 받아?"

"내가 좀……. 여하튼 끊지 않아 다행이다."

"다음부턴 빨리 좀 받아. 나 하와이에 도착해서 박 서방이랑

재밌게 놀고 있으니까 걱정하지 말라고 전화했어."

세정은 어느새 남편을 박 서방이라고 부르며 묻지도 않은 사위소식을 전했다. 아마도 전남편과 같은 성씨라 쉽게 입에 붙은 것 같았다.

"그럼 됐다."

완수는 더 이상 궁금한 게 없었다. 세정이 아비의 안부나 종이의 소식을 물어볼 리 없었다. 세정은 신혼여행을 다녀와서 신혼집 정리 후에 들르겠다는 말을 남기고 끊었다.

완수는 차라리 오지 않았으면 싶었다. 여동생이 이바지 음식을 해줄 테니 연락하라고 했지만 완수는 한사코 거절했었다. 늙은 사위 상 차려 주고 싶은 마음도 없었고 여동생 역시 고년이라고 부르는 조카딸을 고운 눈으로 쳐다 볼 리 없었다. 딸아이를 떠올리면 이젠 반갑기는커녕 넌더리가 났다.

열흘이 지나 세정이 온갖 선물 꾸러미를 들고 늙은 사위와 함께 찾아왔다. 종이는 세정을 보자 아기처럼 두 손을 올렸다 내렸다하며 박수를 치고 있었다. 세정은 종이의 그런 모습을 보는 것만으로도 불편해 했다.

"쟤는 왜 나와 있어? 자기 방에 가있으라고 해."

세정은 냉정하고 단호했다. 늙은 사위도 종이의 모습을 보고 어리둥절한 표정을 지었다.

"자기야, 저 아이는 부모님이 나 외국에 있을 때 외로워서 입양시킨 아이야. 우리 엄마 아빠 너무 착해서 탈이라니까."

세정은 마치 준비라도 한 것처럼 애교 있는 목소리로 늙은 신랑한테 술술 거짓말을 늘어놨다. 완수는 기가 막혔지만 딸의 말을 뒤집어엎을 정도로 모진 아비도 못됐다.

"너도 알다시피 내가 음식 준비할 처지가 못 되니까 나가서 외식하자꾸나. 뭐가 좋겠냐?"

완수는 세정의 의향을 물었다.

세정은 늙은 신랑 머리를 매만지다가 귀에다 속삭이듯 말했다.

"그럴까? 자기야."

"그러시죠. 아버님."

늙은 사위는 딸 만큼이나 비위가 좋은지 아버님 소리를 바로 했다.

완수는 점퍼를 걸치고 휠체어에 종이를 태웠다. 그 모습을 본 세정의 얼굴이 사정없이 일그러졌다.

"아빠, 쟤도 데려갈 거야? 그럼 난 안가! 분위기 망치려고 작정했어?"

세정은 딱 잘라 말했다.

"그럼 굶기랴? 네 눈엔 이 애가 사람으로 안보이냐? 관두자. 나도 안 먹을란다."

완수가 기분이 상한 듯 말하자 세정은 휠체어 바퀴를 구둣발로 툭 찼다.

"그럼 할 수 없네. 자기야, 가자."

늙은 사위는 잠시 머뭇거렸지만 세정이 팔을 잡아당기는 통에 상황을 나름 이해한 듯 대문을 나섰다.

"그럼 다음에 식사대접 하겠습니다. 아버님."

"자긴 그런 거 신경 쓸 거 없어."

늙은 사위는 꾸벅 인사를 했지만 세정은 뒤도 안 돌아보고 차에 올랐다.

완수는 두 사람이 차를 타고 사라지는 것을 지켜보며 대문 앞에 하염없이 서 있었다. 그때 하얀 꽃씨처럼 보이는 것들이 바람에 흩날렸다. 땅에 닿기도 전에 사라진 그것은 눈송이가 분명했다. 완수는 눈을 비비다 하늘을 올려다보았다. 눈송이들은 점점 늘어나고 완수의 희끗한 머리와 푸석한 얼굴에도 떨어졌다. 눈발은 가을바람에 몸을 맡기며 왈츠를 추고 있는 것 같았다.

10월에 내리는 눈이라니, 완수는 손녀딸 종이에게 알려주고 싶었다. 집안으로 들어가자 휠체어에 앉아있는 종이가 소리 없이 눈물을 흘리고 있었다.

"미안하다. 종이야. 내일은 여행을 가자꾸나. 커다란 물푸레나무가 심겨있는 강으로 말이야. 할머니가 그곳에서 우리를 기다리고 있을 게야."

완수는 때 이른 눈이 내린다는 말은 꺼내지도 못하고 손녀딸을 품에 안았다.

통로

　오늘도 놓쳤다. 바퀴벌레가 장롱 틈새로 들어가는 것을 두 눈 번히 뜨고서 놓친 것이다. 세상엔 민첩한 것들이 너무도 많다. 백해무익한 하찮은 벌레까지도 나보다 우월하게 보이다니 어디로 가면 기를 펴고 살까?

　아내는 오늘도 회식이라 늦는단다. 조그만 회사에서 회식을 그리 자주 할 리 없지만 나는 아내를 믿는다. 오히려 적당히 취해 들어오는 아내가 밉기는커녕 더 사랑스럽다. 취한 아내는 나를 순순히 받아준다. 그리고 나는 그녀보다 우월해진다. 베란다에 썩어가는 음식물 쓰레기만 잘 처리해 준다면 나는 아내에게 더 이상 바랄게 없는 남자다.

　낡은 봉고차 안에서 가끔 지나가는 여자들을 바라보며 자위를 하지만 갈수록 참아내기가 힘들다. 짧은 핫팬츠를 입은 여자들을 보면 나도 모르게 흥분이 된다. 아내는 늘 피곤하다는 말로 나의 성욕을 무참히 뭉개버릴 때가 많다. 오늘 아침에도 나를 거부해 아랫도리가 쏟아내지 못한 잔뇨처럼 묵직하다.

"당신은 밥 먹고 온통 그 짓만 생각하지?"

아내는 나를 이해해 주지 않는다. 섹스는 술 담배를 하지 않는 나에게 유일한 스트레스 해소법인데, 그저 무능력한 남편의 자리에 아슬아슬하게 걸쳐 놓고 있는 것이다. 결혼한 지 13년이 됐는데도 마음껏 내 원대로 배출해 본 적이 없다.

가게 문을 열었다. 뒤섞인 과일의 단내가 호흡과 함께 콧속으로 훅 들어온다. 집에서 네 정거장 떨어진 사거리에 자리 잡은 내 소유의 과일가게다. 전문대 토목과를 졸업하고 스물여섯에 결혼해서 두 세 시간 밖에 자지 않고 일해서 장만한 것이다. 내 젊은 시절의 대가라고 보기엔 초라하지만 내겐 천국과도 같은 곳이다. 건설회사에 다닐 때는 막일도 마다않고 수당이 들어오면 휴일에도 일을 했다. 하지만 입사한지 삼년 반 만에 회사가 부도나서 퇴직금도 못 받고 나왔다. 한동안 아내 눈치를 보다가 할 수 있는 일은 닥치는 대로 했다. 낮에는 오토바이로 배달을 했고 밤에는 대리운전, 새벽에는 신문을 돌렸다. 그래도 나는 아내와 딸들의 눈치를 봤다. 무능력한 가장으로 보일까봐 온갖 잡일을 하면서도 신경이 쓰였다. 출퇴근이 정해진 직장을 구하기란 쉬운 일이 아니었다. 그렇다고 넋 놓고 시간을 허비하기도 싫었다. 딸들이 어떻게 커 가는지도 모르고 일만했다. 하지만 내 집과 가게를 갖기란 쉬운 일이 아니었다.

아내는 아이들이 어느 정도 크자 전자부품회사 경리사원으로 취직했다. 그 이후로 나는 아내에게 미안하다는 말을 달고 산다. 그것은 술과 놀음을 낙으로 산 아버지 때문에 평생을 시골 변두리에서 국밥집을 한 어머니가 눈에 밟혔기 때문이다. 그래서 내 식구만은 호강은 못 시키더라도 적어도 내 힘으로 부양하고 싶었다. 내가 아내에게 양보하기 힘든 일은 잠자리뿐이다. 그건 내 삶의 충전제다. 잠자리를 회피하는 아내에게 나는 밤마다 조르다가 미안해, 라는 말로 마무리되기 일쑤다. 그래서 내 팬티 속은 항상 자위 훈련을 받는다. 몸은 고되지만 성욕만은 수그러들지 않고 쉽사리 채워지지도 않았다. 나는 그것을 아내에 대한 변치 않는 사랑이라 믿는다.

새벽시장에서 사온 참외 박스를 열자 참외향이 여자들의 가슴골에서 나는 들큰한 냄새처럼 나의 성욕을 자극한다. 사람들이 과일을 사기엔 아직 이른 시간이다. 통통하고 붉게 익은 토마토를 집고서 계산대의자에 앉았다. 계산대는 가게 안쪽에 있어 밖에서는 보이지 않는다. 우선 바지 지퍼를 내리고 토마토에 입술을 갖다 댄다. 미끈하고 부드러운 토마토는 향기는 약하지만 여자의 입술 같다. 그리고 아침에 본 티셔츠로 엉덩이를 간신히 덮은 젊은 여자를 떠올린다. 하체를 보느라 얼굴은 자세히 보지 못했지만, 눈을 지그시 감으면 토마토는 그녀의 입술을 대신하기에 충분하다. 내 몸은 단지 섹스를 원하고 있다. 마치 보통의 남자들이 술을 찾거나 담배를 피우듯이. 여자는 하얗고 긴 손가락으로 내 얼굴을 쓰다듬으며 입술을 내민다. 다리는 이미 내 허벅지위에서 벌리고 앉아 있다. 아, 하는 신음소리와 함께 나는 손에 사정을 하고 만다.

아내는 오늘도 나를 필사적으로 피한다.

"정말 하루 이틀도 아니고 귀찮아 죽겠다. 당신, 병원에 한번 가봐라."

"내가 다른 여자랑 자고 다니는 것도 아니고 마누라랑 하겠다는 건데, 그것도 싫어?"

"그것도 정도가 있어야지. 거의 변태 수준이잖아."

"변태! 내가 변태라고?"

아내를 만나기 전 친구들과 사창가에 두 번 간 것 외는 여자와 잠자리를 가진 적이 없다. 더군다나 사랑하는 여자와는. 하긴 여자를 진지하게 사귀어 본 경험이 없는 것이 가장 큰 이유다. 그래서 아내와의 결혼을 서둘렀다. 결혼 전 기억에 남는 여자라고는 대학 때 토목과에 유일하게 들어온 여학생이 전부다. 쌍꺼풀 없는 작은 눈에 복숭아 솜털처럼 얼굴에 잔털이 보송보송 나있는, 아주 순박해 보이는 여학생이었다. 그녀는 과에서 홍일점 치곤 남학생들에게 인기가 없었다. 그것이 나에겐 행운처럼 느껴졌지만. 만약 경쟁자가 있었다면 우물쭈물하다 분명 놓치고 말았을 것이다. 신입생 환영회날 밤, 모두들 술에 서서히 절여지고 있을 때 그녀가 슬며시 자리를 떴다. 나는 곧바로 비틀거리는 그녀를 따라갔다. 그녀는 식당 밖으로 나가 전봇대 옆에 쪼그려 앉아 큰 소리로 울기 시작했다. 나는 걱정 반, 호기심 반으로 용기를 내어 바싹 다가갔다.

"술 못 마시면서 너무 많이 마신 거예요? 아님, 무슨 일 있어요?"

그녀는 나를 빤히 보더니 더 크게 울었다.

"그게 아니라 나는 토목과가 흙토에 나무목인줄 알고 나무 가꾸는 거 배우는 줄 알았거든요. 흑 흑."

정말 어이가 없었다. 요즘 같은 세상에 토목과를 몰라? 자기가 어디에 지원하는지도 모르고 무작정 혼자 해석해서 과를 정했다니. 무식하다고 웃어야 할지 위로를 해줘야 할지 몰랐다. 어쨌건 그 순진한 여학생과는 끈끈한 사이로 진전되지 못했다. 대낮 공원데이트를 몇 번으로 어설픈 교제를 마감하고 다음해에 나는 군에 입대했다. 나중에 들은 얘기지만 그녀는 무사히 졸업하고 취직도 했다고 하니 지금쯤 나보다 잘 풀리는 인생을 살고 있을

지도 모른다. 그것이 나의 시시한 첫사랑의 전말이다.

굳이 정신적인 불륜을 따진다면 할 말이 없지만 결혼 후엔 다른 여자 손끝도 건드린 적이 없다. 밤 문화가 내 성욕보다 왕성한 이 나라에서 이토록 자신을 지켜낼 남자가 어디 흔하겠는가. 아내가 나를 밀쳐낼수록 서운한 마음이 쌓인다. 유흥가를 가려해도 같이 어울려 가줄만한 친구도 없다. 술친구가 없는 게 문제다. 돈 되는 일이라면 뭐든 했는데, 술 담배로 돈을 낭비하고 싶지는 않았다. 그나마 직장을 다닐 때는 동료들과 점심시간에 수다 떠는 게 유일한 낙이었다. 하지만 내 장사라고 벌여놓은 이후엔 과일 사러오는 동네 아줌마와 흥정하는 게 전부니 지루할 따름이다.

아내가 늦다. 날씨가 더워질수록 베란다 음식물 쓰레기 냄새가 온 집안에 진동한다. 우리 부부가 유독 집안일에 게으른 건 사실이지만, 아내가 음식물 쓰레기만 잘 버려도 집안이 쾌적할 것 같다. 재활용 쓰레기는 내가 버려줄 수 있지만 냄새나는 음식물 쓰레기통은 보는 것만으로도 역겹다. 그건 국밥집 주방으로 연결된 단칸방에서 맡아오던 지긋지긋한 냄새다. 어머니는 음식물 쓰레기를 단칸방 옆 후미진 곳에 모아놓고 이틀에 한 번씩 버렸다. 정확히 말하면 마을에서 돼지 키우는 아줌마가 가져갈 때까지 나뒀다. 어쩌다 아줌마가 거르기라도 하는 날엔 참기 힘든 역한 냄새가 곧바로 방으로 스며들었다.

꽉 막힌 아파트에 살면서 음식물 쓰레기를 모아 둔다는 자체가 이해하기 힘들다. 귀찮더라도 곧바로 버린다면 적어도 음식물이 부패되는 역겨운 냄새는 맡지 않아도 될 것 아닌가. 그렇다고 내가 날마다 아내대신 음식물 쓰레기통을 들여다보며 버릴 자신은 없다. 몇 번 시도해 본적도 있었지만 구토와 함께 그날은 밥맛을 잃었다. 그래서 가끔 요리는 할망정 뒤처리는 하지 않는 것이다. 아내에게 간절히 부탁을 한 적이 있었다. 하지만 아내는 깜박했다거나, 얼마 되지 않으니 모아서 한다든가, 하며 남자가 집안일에 일일이 까탈을 부린다며 오히려 면박을 주었다.

장롱 틈새로 들어간 바퀴벌레도 분명 음식물 쓰레기에서 나는 과일의 단내를 맡고 하수구를 통해 들어 왔을 것이다. 나는 매일 팔고 남은 과일 중 상품가치가 떨어지는 과일을 집으로 가져온다. 냉장고에 넣어두면 적어도 삼사일은 멀쩡하다. 아내는 아침 저녁으로 입맛이 없다며 과일로 때우기 일쑤다. 그래서 음식물 쓰레기는 거의 과일 껍질로 가득 찰 때가 많다. 과일을 집에 가져오지 않으면 과일을 먹지 않을 것이고, 과일 껍질이 없으면 음식물 쓰레기 양도 줄어들고 냄새도 퍼지지 않을 것이다. 그럼 바퀴벌레를 빨리 퇴치할 수 있지 않을까? 고민스럽다. 바퀴벌레가 한 번 생기면 걷잡을 수 없다는데, 일단 제일 센 바퀴살충제를 사와야겠다.

아내의 일방적인 통보로 어이없이 두 딸을 필리핀으로 유학 보내고, 아내가 직장을 다니고부터는 집에서 밥다운 밥을 해 먹은 적이 별로 없다. 아이들과 함께 살 때 아내는 청소도 잘하고 밥도 잘했다. 하지만 아이들이 떠난 다음날부터 아내는 집안일까지 해외로 유학 보내버렸다. 한동안 아내 앞에서 나는 투명인간이 돼버린 듯 했다. 장사를 마치고 와서 오히려 내가 밥을 차려주는 일이 늘어나고 청소도 내가 못 참고 하는 날이 더 많아졌다. 하지만 나는 아내에게 불평을 할 수가 없다. 싸운 날은 아내에게 바랄 수가 없지 않은가? 차라리 조용히 넘어가는 것이 섹스를 참는 것보다 덜 고통스럽다.

늦은 시간 텔레비전을 켜자 야한 성인 영화가 나왔다. 상상만으로도 발기가 되는 나로서는 참기 힘든 시간이다. 다행히 중간 광고시간이 길어서 그동안 잠시 숨을 고른다. 채널을 돌리자 부부 성클리닉 상담프로가 나온다. 전화로 상담하고 연기자들이 재연했다. 망설이다 병원에 가보라는 아내의 성화를 잠재울 핑계로 전화기를 들었다. 가벼운 마음으로 시도했지만 신호가 가고 방송국과 연결이 되자 약간 긴장됐다. 방송국엔 가본 적도 없고 엽서나 문자 한번 보낸 적이 없으니, 딴 세상에 발을 들여 놓은 것 같은 묘한 기분이 든다. 전화를 받은 여자는 의사와 상담하기 전 간단한 신상 정보를 묻는다. 물론 방송으론 목소리도 변조

하고 이름도 바꿀 것이라고 친절히 알려줬다. 여자가 시키는 대로 전화를 끊고 기다리자 앞사람과 상담이 끝남과 동시에 방송국에서 전화가 왔다.

"선생님은 부부사이에 어떤 성적 고민을 가지고 계신가요?"

"네. 집사람이 저한테 너무 밝힌다고 해서요."

"일주일에 몇 번이나 요구하시는데요?"

"일주일이 아니라 하루에도 서너 번씩 하고 싶은데요."

"굉장히 건강하신 남성분이시군요."

자막으로 나이와 가명이 보인다. 변조된 목소리가 텔레비전에서 들리자 약간 어색하다. 얘기를 하다 보니 상담하는 남자의사와 여자의사에게 다 털어놓고 싶은 충동이 인다. 사람들 앞에 벌거벗은 것 같으면서도 사정을 할 때와 같은 묘한 쾌감도 느껴진다.

"집사람은 저를 잘 받아주지 않습니다. 다른 집은 성적으로 고개 숙인 남자들이 주눅이 들어 산다는데, 저는 비아그라나 보약한번 먹은 적이 없습니다."

"아내분이 선생님을 무시한다고 생각하십니까?"

"저를 잘 나가는 친구 남편들과 가끔 비교를 합니다. 하지만 제가 바라는 건 부부간에 접촉을 자주하자는 겁니다. 그때가 저는 제일 좋고 스트레스도 날아가거든요."

"그러시군요. 혹시, 선생님은 살아오시면서 정신적인 스트레스를 풀지 못하고 사셨다고 생각하시나요? 아니면 가장으로서의 책임감 때문에 힘드신가요?"

"그런 것도 있지요. 가족을 위해 죽어라 일만했는데, 인정받기는커녕 맨날 내가 미안하다고 하니 말이죠."

"그렇군요. 그럼 아내를 완전히 정복하고 수동적으로 만들 수 있는 것은 그것뿐이라고 생각하십니까?"

"아, 예. 뭐 그런 기분이 들 때도 있죠."

"이제부턴 너무 자극적인 것은 피하시고 아무리 좋은 것도 과용하시면 전립선에 이상이 올 수 있으니 조금 자제하시고 부부가 함께 할 수 있는 취미생활을 찾으시면 좋겠네요."

교과서 같은 상담은 그렇게 끝이 났다. 아내에게 말하지 않는 것이 나을 것 같다. 아내도 분명 그 말에 동의한다며 취미생활을 찾으라고 할 것이다.

'바퀴벌레나 잡아야겠다.'

불을 끄고 장롱 틈새로 들어간 바퀴벌레를 기다렸다. 시간이 흐르자 내 동공도 어둠에 익숙해졌다. 나오기만 한다면 충분히 잡을 수 있을 것 같다. 아무리 재빠른 녀석이라도 방심한 사이에 덮친다면 어쩔 수 없을 것이다. 손에 바퀴벌레 전용 살충제를 들고 꼼짝 않고 앉아 있었다. 역시나 까만 무언가가 장롱 밑에서 기어 나왔다. 이번엔 녀석보다 빠를 자신이 있다. 사정없이 살충제를 뿌려대고 불을 켰다. 하지만 녀석은 온데간데없다. 틈새엔 홍

건한 액체만 남아있다. 틀림없이 맞았는데, 흠뻑 맞지는 못했을 지라도 단 몇 방울이라도. 살충제를 맞고 제식구들에게 알리려고 죽기 살기로 기어들어 갔을지도 모를 일이다. 바퀴벌레는 시체까지 깔끔하게 처리하지 않으면 죽은 자리에서도 알을 낳는다는데, 장롱 밑에서 알을 까면 어쩌지? 과일냄새를 맡고 새끼들까지 우글거리게 된다면, 생각만 해도 끔찍하다.

유모차를 끌고 와서 참외 향을 맡아보고, 허리를 숙여 고르는 애기엄마의 가슴골이 유난히 깊고 풍만해 보인다. 나도 모르게 침이 꿀꺽 넘어간다. 단내를 맡은 바퀴벌레처럼.

점심에 김치찌개를 시켜먹고 나니 날씨 탓인지 졸음이 밀려온다. 차라리 힘들어도 생계를 위해 정신없이 이 일 저 일에 매달렸을 때가 사는 맛이 났던 것 같다. 눈이 반쯤 감겼을 때 사거리 횡단보도에 서 있는 미니스커트를 입은 여자의 모습이 눈에 들어온다. 졸음을 쫓기에 충분한 구경거리다. 여자가 길을 건너고 사라질 때까지 놓치지 않고 본다. 자위할 때 써먹을 좋은 먹잇감이다. 머릿속에서 하나씩 벗겨지는 여자들의 옷과 벗은 몸, 피부의 촉감이 여자들마다 다르게 느껴진다. 직접 그들과 접촉을 하지 않아도 상상만으로도 충분히 만끽할 수 있다. 가상의 인물이 아닌 모두 직접 눈으로 본 여자들이기에 더욱 실감난다. 오늘은 두 여자를 생각하며 두 번의 자위로 스트레스를 풀었다. 내가 일을 게을리 하는 것도 아니고 돈이 드는 것도 아니라면 동영상보다 낮고 몇 시간씩 붙잡혀 하는 인터넷 게임보다 훨씬 훌륭한 놀이가 아닌가.

삼일에 한번 꼴로 찾아오는 드림아파트 802동 단골 아줌마가 가게 쪽으로 걸어온다. 가슴은 메론 크기에다 엉덩이는 커다란 수박 두통을 붙여 놓은 것처럼 몸이 둥실거린다.

"한여름보다 지금 수박이 더 단 것 같아요. 아저씨."

"헤헤. 그렇죠? 오늘 들여온 황금 멜론도 엄청 달아요."

"그럼 우리 집으로 수박 한 통하고 멜론 두 통 배달해주세요."

"네. 네."

뚱뚱한 여자는 내 취향은 아니지만 군소리도 없고 싸게 달라거나 덤을 달라고 하지 않아 마음에 든다.

잠시 후, 퇴근길에 들른 것 같은 오십은 족히 돼 보이는 중년 남자가 수박을 두들겨 보고 있다.

"제가 골라드릴까요?"

"아뇨, 됐어요. 이걸로 배달해 주세요. 드림아파트 802동 503호로."

"손님. 죄송한데 이만 원 이상 배달해 드리거든요. 수박이 만육천 원이라서……."

"아저씨 참 빡빡하시네. 알았어요. 오렌지 사천 원어치랑 같이 해줘요."

"네. 네."

치사해도 어쩔 수 없다. 나름대로 정해놓은 규칙도 규칙이니까. 인정상으로 보자면 어차피 802동 가는 길에 배달해 줄 수도 있지만 단골도 아니고 임산부나 노약자도 아니지 않는가. 그 정도는 자기가 들고 가도 될 텐데. 저런 남자는 허우대는 멀쩡해도 속빈 강정처럼 속은 다 삭았을 게 분명하다. 집에 가면 마누라한테 남자구실도 제대로 못한다고 구박받을 게 뻔하다.

배달은 오후 다섯 시와 저녁 여덟시 두 차례 나누어서 한다. 그때가 손님도 많고 모아서 배달하기 좋은 시간이다. 오늘은 여덟시 배달이 두 집에 그쳤다. 나머지는 모두 비닐봉지에 넣어주는 손님들이었다. 봉고차에 수박 두 통과 멜론과 오렌지를 실었다.

"배달 왔습니다."

"네. 일찍 오셨네."

603호 여자가 저녁을 먹다가 입을 오물거리며 문을 열어줬다. 얇은 민소매 원피스를 입고 브래지어도 하지 않았는지 가슴이 유난히 출렁인다. 식탁에 앉아있는 아들 녀석도 만만치 않게 푸짐한 몸집이다.

"사모님. 전화로도 배달되니까 더우면 집에서 필요한 과일 주문하세요. 제가 잘 골라서 갖다드릴게요."

"그래요. 호호호. 담엔 그래야겠네요."

나는 명함을 건네주며 아주 정중하게 인사를 하고 돌아섰다. 여자는 분명 직접 가게로 나올 때보다 더 많은 양을 주문할 것이다. 식탐이 많은 사람은 더운 날 집에 가만히 있으면 먹고 싶은 것이 더 많아지는 법이니까. 그리곤 그러겠지. 스트레스 살이라고. 자기는 물만 먹어도 살찌는 체질이라고.

서둘러 한 층 아래로 내려왔다.

"배달 왔습니다."

이십 대 초반으로 보이는 젊은 여자가 문을 열었다. 여자는 수박과 오렌지를 보더니 한마디 했다.

"이게 다에요?"

"네."

여자는 황급히 안으로 들어가 좀 전에 봤던 중년남자를 불러세웠다.

"오빠야, 난 딸기가 먹고 싶은데……."

반바지만 덜렁 걸친 남자가 곤란한 표정을 지으며 나를 바라봤다.

"아저씨, 딸기 좀 배달 해주실래요."

"죄송하지만 지금 다른 배달도 밀렸고 딸기만은 좀 어렵겠는데요."

나는 명함을 내밀며 내일이라도 전화 주시면 이만 원 이상은 언제든 배달 가능하다고 덧붙여 말했다.

"하잉. 지금 먹고 싶은데."

여자는 남자에게 앙탈을 부리듯 몸을 꼬았다.

나는 정중히 인사를 하고 돌아섰다. 고객은 고객이니까.

엘리베이터를 타고 내려오는 동안 내가 나간 다음 둘이 무슨 짓을 할지 머릿속에 그려지자 갑자기 흥분이 된다.

아내가 청소를 하고 있다. 오랜만에 보는 모습이다. 걸레질을 하며 쳐든 엉덩이를 보자 도저히 참기 힘들다. 나는 걸레를 뺏어 대신 온 집안을 닦았다. 아내가 나의 노고의 대가로 잠시 후에 순순히 받아주길 바라면서.

"내가 걸레질하는 동안 당신은 베란다 음식물 쓰레기 좀 버리고 오면 안 될까?"

나는 조심스럽게 요청했다. 아내는 아까 본 젊은 여자처럼 귀여운 앙탈을 부리지도 않고 입만 삐죽 내밀더니 음식물 쓰레기를 들고 나갔다. 들고 나가는 동안에도 악취는 물론이고 통에서 비닐만 빼들고 나가 부패된 국물이 거실에 뚝뚝 떨어졌다. 구토가 났다. 화가 치밀어 올랐지만 이후의 시간을 위해 참는 것이 좋을 것 같다. 내일이면 현관에서부터 엘리베이터 그다음 쓰레기통 앞으로 이어지는 길에 국물 떨어진 자국이 고스란히 남아있을 것이다. 자국을 따라가면 범인의 집은 쉽게 찾을 수 있을 것이다. 나는 두루마리 휴지를 풀어 아내를 뒤따라가며 엘리베이터

앞까지 국물자국을 훔쳤다. 엘리베이터에서 끊기면 어느 층에서 멈췄는지 모를 것이 아닌가. 오늘밤에는 바퀴벌레가 보이지 않을 것 같다.

"여보, 얼른 씻고 자자."

내 목소리가 약간 들떴는지 아내가 나를 빤히 쳐다보며 피식 웃는다.

"오랜만에 드라마 좀 보고. 드라마 제목도 모르니까 아줌마들하고 말이 안통해서."

"어제도 못했잖아."

내가 기운 빠진 목소리로 말하자 아내는 한숨을 쉬며 욕실로 들어갔다. 그러곤 한마디 했다.

"부부생활이 이렇게 피곤해서 어디 살겠냐? 하기 싫을 때도 있고 건너 뛸 때도 있지."

"미안해."

내 입에 자연스럽게 붙은 말이다. 아내는 더 이상 말이 없다. 잠시 후, 벌거벗은 모습으로 무표정하게 내 앞에 섰을 뿐이다. 나는 아내 마음이 변할까, 재빠르게 씻고 나와 아내를 안았다. 적어도 아내를 안을 때만은 아내에게만 집중한다는 게 나의 신조다. 다른 여자들 생각은 자위할 때 필요한 도구 같은 것이다.

이상하다. 사정이 되지 않는다. 진땀이 흐른다. 마음과 몸이 따로 분리된 기분이다. 나는 아내가 알아채지 못하게 애무를 이어서 했다. 다시 시도 했다. 부푼 성기가 불편하기만 하다.

"내일 아침에 또 하자."

"아침엔 좀 참아. 아침까지 하면 회사 가서 피곤하단 말야."

불안하다. 이런 적이 없었는데. 밤새 오줌을 덜 싼 것처럼 아랫도리가 묵직하고 불쾌하다.

아침에 등교하는 중고등학교 여학생들을 보자 딸들 생각이 간절하다. 하지만 내 눈을 붙드는 건 여학생들의 짧은 치마다. 허벅지에서 종아리까지 훑어보고는 가게 안으로 들어갔다. 계산대 의자에 앉아 성기를 만지며 눈을 감자 금세 성기가 부풀어 올랐다. 그때 누군가 부르는 소리가 들린다. 환청 같다.

"아저씨. 딸기 한 팩에 얼마에요?"

나는 얼른 바지 속에서 손을 빼고 숨을 골랐다. 어제 본 중년 남자와 함께 사는 젊은 여자다. 큰일이다. 지퍼가 올라가지 않는다. 성기가 쉽게 수그러들 기세가 아니다. 나는 안에서 대답만 크게 했다.

"딸기 작은 팩은 오천 원, 큰 팩은 칠천 원입니다. 골라보세요."

"이걸로 주세요."

젊은 여자는 내가 나오기를 기다리는 것 같다. 나는 급한 마음에 대충 앞치마를 찾아 걸치고 돈을 받았다. 한참 지나자 성기가 다시 원상복귀 되었다. 어젯밤에도 사정이 안됐는데 예감이 안 좋다. 쉽게 수그러들지 않는 것을 보면 정력이 더 세진 것 같기도 하고. 밤에 아내와 할 때 다시 확인해봐야겠다.

"빨리 좀 해! 벌써 한 시간이 다 돼가잖아."
아내의 목소리에 짜증이 묻어났다.
"알았어. 이상하게 마음대로 안 되네."
사정이 찔끔거리다 멈춘다. 페니스는 밤새 줄어들지 않고 있다. 쓰리고 아프다. 그보다 내일 이러고 가게에 나갈 일이 걱정이다. 그동안 줄어들어야 할 텐데.
아침에 아내가 내 몰골을 보고 피식 웃으며 쏘아 붙인다.
"뭔 생각을 한 거야? 아침부터 총 들고 대기하고 있게. 아침엔 참으라고 했지!"
아내가 먼저 출근했다. 기다려 봐야겠다. 이대로는 엘리베이터를 탈 자신이 없다.
점심때가 돼서야 페니스에 바람이 빠졌다. 오줌을 눌 때 불편하고 아팠지만 그것보다 줄어드는 게 급했다. 병원으로 바로 가 볼까 아니면 가게로 나가야 하나, 잠시 망설이다 일시적인 현상일수도 있다는 생각에 며칠 지켜보기로 했다. 나처럼 건전한 성생활을 하는 사람한테 성병이나 에이즈 같은 무서운 병이 걸릴

리도 없지 않은가.

해가 지면 여자들이 유난히 예뻐 보인다. 과일도 마찬가지다. 약간 흠집이 있거나 무른 것도 잘 보이지 않고 모두 싱싱하고 탱탱해 보이니 말이다. 나는 한 번 들른 손님은 절대 잊어버리지 않는다.

엊그제 들른 중년남자가 가게에 진열된 과일을 흘끔 보며 사거리 신호등으로 걸어간다. 하루걸러 젊은 여자에게 가는 걸 보면 분명 정상적인 관계는 아닐 것이다. 능력도 없어 보이는데 젊은 여자를 끼고 살다니, 별난 재주를 가졌나 하는 생각이 든다. 그 옆으로 긴 생머리를 날리며 급하게 신호등을 건너는 여자가 보인다. 우리 가게에는 한 번도 들른 적이 없지만 나는 그녀를 안다. 물론 개인적 친분은 없다. 다만 그 여자를 생각하며 몇 번 자위를 한 적이 있다. 갑자기 내 성기가 부풀었다. 아직 배달도 밀렸고 그럴 생각도 없는데 큰일이다. 나는 정신을 환기시키기 위해 하늘도 보고 땅도 봤다. 하지만 소용없었다. 과일을 보면 더 흥분될 테고 어디를 봐야 할지 모르겠다. 문제는 성기가 좀체 수그러들지 않는다는 것이다. 나는 앞치마를 두른 채 배달을 마치고 일찌감치 셔터를 내렸다. 병원도 문 닫을 시간이 지났고 나는 봉고차에 몸을 싣고 집으로 향했다.

아내는 오늘도 늦다. 휴대폰도 받지 않는다. 침대에 조심스레 누웠다. 여전히 옷 속에서 볼록한 성기가 천정을 향해있다. 옷에 쓸려 아프기까지 하다. 옷을 벗었다. 보통 발기 때보다 훨씬 커 보였다. 잘 때도 똑바로 자야겠지. 이불도 덮지 않은 채. 눈이 스르르 풀린다.

내일은 가게에 나가지 말고 병원으로 가봐야겠다. 이 상태가 계속 된다면 문밖출입도 못하고 꼼짝없이 집에서 감옥살이를 해야 할 것이다. 갑자기 필리핀에 있는 딸들이 보고 싶어 몸을 일으킨다. 아내는 수시로 인터넷 화상통화를 한다고 했지만 나는 일주일이나 열흘에 한 번씩 직접 전화를 걸었다. 벌써 아이들이 떠난 지 이 년이 가까워 온다. 수화기를 들어 버튼을 차근차근 꾹꾹 누른다. 이상하다. 지난주까지 통화했는데 잘못 걸었다는 안내 메시지만 들린다. 컨디션이 좋지 않아 번호를 잘못 누른 것 같아 다시 시도한다. 마찬가지다. 한 번도 번호를 잊어버린 적이 없는데……. 걱정이 된다. 아내마저 통화가 되지 않으니 마음이 조급해진다. 다시 침대에 눕는다. 여전히 페니스는 뻣뻣이 서있다. 눈을 감는다. 잠이 들것 같다.

뭔가 옆구리 쪽에서 꿈틀대더니 배를 타고 기어오른다. 놀라서 눈을 번쩍 뜨고 일어나 앉는다. 배 위에서 페니스로 기어가는 것은 바퀴벌레다. 녀석은 순식간에 다리를 건너듯 페니스를 타고 벌어진 가랑이 틈새로 몸을 숨긴다. 어이가 없다. 손이나 엉덩이로 눌러 버릴까 하다 찝찝하단 생각이 든다. 주위를 둘러보자 화장대 위에 놓인 탁상용 달력이 보인다. 팔을 뻗어 조심스럽게 집어 들자 녀석이 더욱 깊이 숨으려 꿈틀댄다. 심호흡을 하고 벌떡 일어나 탁상용 달력으로 내리친다. 순간 녀석은 침대보를 타고 재빠르게 기어내려 간다. 또 한 번 내리치자 침대에서 툭 떨어진다. 넌, 이제 죽은 목숨이다. 다시 온힘을 다해 내리치는 순간 녀석은 장롱 틈새로 들어가 버렸다. 어이없이 놓쳤다. 손안에 다 들어온 고기를 놓친 기분이다. 살충제를 찾는다. 장롱 옆에 놔뒀는데 아내가 다른 곳에 치운 것 같다. 화장대 위에 헤어스프레이와 함께 놓여있는 것이 보인다. 잘못하단 헛갈릴 수도 있을 것 같다. 살충제를 집으려다 거울에 비친 알몸이 보이자 꼴이 우스워 보인다.

거울로 바짝 다가간다. 사십을 바라보는 나이에 벌써 머리는 희끗하고 너무도 평범한 얼굴이 지루하게까지 느껴진다. 그렇다고 볼품 있는 몸매도 아니다. 갈비뼈는 앙상한데 배만 볼록해 보인다. 유독 커 보이는 페니스만이 독불장군처럼 쳐들고 있다. 거울에 비친 모습과 페니스를 번갈아 보다 살충제를 집어 든다. 살충제에 대롱을 달아 장롱 틈새에 밀어 넣고 한참을 뿌린다. 나올 것이라는 믿음을 저버리고 한참을 기다려도 바퀴새끼 한 마리 기어 나오지 않는다. 아무래도 장롱을 옮겨서 확인을 해야 직성이 풀릴 것 같다. 이미 겁을 상실하고 사람의 몸까지 침범한 놈 아닌가. 오늘은 확실히 본때를 보여줘야겠다. 아내역시 바퀴벌레가 방안에 있다는 것을 알면 기겁을 할 것이다. 아내가 오기 전에 서둘러 처리해야겠다. 지금 소탕하지 않으면 새끼를 거느리고 밤마다 아내와 내 몸을 올라탈 것이 아닌가. 생각만 해도 온몸에 벌레가 굼실거리는 것 같다.

장롱을 옆으로 옮기려니 자꾸만 페니스가 걸린다. 여자 생각을 하지 않은 상태인데 여전히 수그러들 기미가 없다. 장롱 모서리에 살짝 부딪히자 부러질 듯 아프다. 엉덩이를 뒤로 빼고 팔과 다리에 힘을 주어 옆으로 간신히 밀어냈다. 하지만 바닥과 장판 틈새를 아무리 봐도 바퀴벌레는 보이지 않는다. 맥이 풀린다. 도대체 어디로 숨은 걸까? 오기가 발동한다. 장롱 두 짝을 모두 옆쪽 벽으로 밀어 붙였다. 순간, 바닥에 뿌린 살충제에 맨발이 쑤욱 미끄러져 내려가고 정면으로 방바닥에 엎어졌다.

"아, 아 악! 윽."

부러진 것 같다. 움직일 수도 없다. 간신히 몸을 뒤집었다. 너무 아파 눈물이 흐른다. 맹장수술을 할 때도 이렇게 아프지는 않았다. 119에 신고하려 해도 몰골이 너무 우스울 것 같다. 손으로 페니스를 확인하자 완전히 밑으로 꺾여 있다. 나도 모르게 통곡에 가까운 소리가 나온다. 그때 천정에 무언가 어른거린다. 눈물을 닦고 자세히 보자 바퀴벌레다. 모든 게 저 놈 때문이다. 놈은 유유히 천정을 타고 가며 나를 비웃고 있다.

"네놈은 내가 무슨 일이 있어도 죽이고야 만다."

나는 울다가 이를 앙다물었다. 그때 갑자기 놈이 움직이지 않더니 천정에서 툭 떨어진다. 그것도 내 배위에. 영악스러운 놈이 의도적으로 떨어진 것 같다. 나는 양손바닥으로 배를 사정없이 쳤다. 페니스가 간질거린다. 놈은 또다시 페니스를 건너간 것이다. 페니스가 간질거리는 것을 느낄 수 있다니 완전히 감각을 잃은 것 같지는 않아 안도의 한숨이 흘러나온다.

새벽 한시다. 아내는 이 시간까지 어디서 무얼 하고 있는 걸까? 휴대폰도 받지 않는다. 요즘 아내의 근황이 하나씩 파노라마처럼 펼쳐진다. 집안일은 뒷전이고 식탁에 변변한 찌개 하나 끓여놓지 않았다. 그렇다고 내가 큰소리 한 번 친 적 없는데 얼굴은 늘 불만스러워 보였다. 나를 보고 환하게 웃어준 적도 없는 것 같다. 오늘은 외박까지 할 모양이다. 내 꼴이 이렇게 우습게 되지 않았다면 오늘은 그동안 모아둔 것을 한꺼번에 분출시켰을지도 모른다.

아내는 내가 삼년 전 과일가게를 차린 이후엔 수고했느니, 고생했느니 하는 상투적인 인사조차 건넨 적이 없다. 몸살이 났을 때도 내 손으로 약을 사먹고 이겨냈다. 아이들 교육문제도 상의하지 않았다. 필리핀 유학도 떠나기 삼일 전에 알려줬다. 가끔 친구나 동창 남편들과 비교를 해서 무능한 남편임을 일깨워주기는 했다. 아내는 왜 나와 만난 지 삼 개월 만에 흔쾌히 청혼을 받아들였을까? 나의 무엇이 좋았던 걸까? 이제 와서 그런 것을 따진들 무슨 소용이 있겠냐 싶다가도 불만이 있을 때마다 모아둔 썩은 음식물 쓰레기처럼 줄줄 새어 나왔다.

현관문 비밀번호 누르는 소리가 들린다. 시계를 보자 새벽 두 시 반이 넘었다. 아내가 돌아온 것이다. 아내는 방문을 열어보고 화들짝 놀란다.

"뭐하는 거야?"

"나, 바지 좀 입혀줘 트레이닝복 제일 헐렁한 걸로."

지금껏 누워서 생각했던 것들이 아내 얼굴을 보자 안개 걷히듯 사라졌다. 왜 이렇게 늦었냐고 따질 마음도 없다.

"도대체 무슨 짓을 한 거야? 장롱은 왜 밀어놓고? 하여튼 못 말린다니까. 혼자 있으면 별짓 다하지? 당신 혹시 성도착증 아냐?"

"무슨 말을 그렇게 해! 빨리 옷 입히고 119 좀 불러봐."

"119는 왜?"

"남편 성불구자 만들기 싫으면 빨리 부르기나 해."

아내는 트레이닝복을 입히다 내 페니스를 보고 손가락으로 집어 올렸다 놨다.

"이건 왜 이렇게 됐어?"

"바퀴벌레 때문이야."

"뭐?"

응급실에서 나 정도의 환자는 거들떠보지도 않았다.

"꼭 교통사고가 나거나 피를 봐야 급한 줄 안다니까."

화가 치밀어 오른다.

"강수철씨, 미끄러지셔서 성기를 다치셨다고요?"

"네……."

"일단, 엑스레이를 찍어보고 정확한 건 내일 비뇨기과 선생님께 처방 받으세요."

레지던트인지 인턴인지 모르겠는 젊은 남자의사는 커튼을 치고 간호사와 서서 내 성기를 들춰 보더니 간단한 전달사항만 말하고 가버린다.

'나한테는 지금 인생이 걸린 문제인데, 자기 꺼 아니라 이거지.'

의사가 나가자 아내 역시 별반 다르지 않다.

"당신은 이 낙으로 사는데 이제 어쩌냐?"

아내는 진심으로 걱정하는 목소리가 아니라 빈정거리는 투다.

"내가 잘못되면 누구 손핸데. 당신 생과부로 살 자신 있어?"

"글쎄. 남자구실 못하면 다른 데로 시집가야지 뭐."

"당신 말 다했어!"

농담이라도 너무 서운하다. 내가 뭘 그리 잘못하며 살았다고 아내는 나한테 저리 냉정할까? 내 자신을 돌보기보다 가족들을 먼저 생각하고 최선을 다하지 않았냐고 따지고 싶다.

아침에 일반 병실로 옮겨졌다. 비뇨기과 전문의가 찾아왔다.

"강수철씨, 엑스레이를 보니 페니스가 파열이 됐네요. 관계도 중 꺾이셨나 봐요?"

"아, 아뇨. 그건 아니고……."

"그리고 성생활을 좀 자제하셔야겠네요. 전립선 비대증에다 세균감염도 되셨어요."

"저 그런 사람 아닙니다. 이상한데 찾아다니는."

"그런 뜻이 아니라 손을 씻지 않고 자주 만져도 감염이 될 수 있거든요. 오후에 수술실로 옮길 겁니다. 꾸준히 약물치료도 하셔야 되고요. 관리 안하시면 영영 힘들 수도 있어요."

눈물이 앞을 가리는데 아내는 여전히 무덤덤한 얼굴이다.

"소변보기도 힘든 상태인데 아내분이 많이 도와 주셔야 할 겁니다."

"네."

의사가 나가자 아내는 입원이 길어질 것 같다며 집에서 필요한 물품을 챙겨오겠다고 나갔다.

수술시간이 다가오자 점점 초초해진다. 아내는 아직 돌아오지 않았다. 아내는 항상 내가 간절히 필요로 할 때 옆에 없다. 잠자리 역시 간절할 때 해주지 않았다. 거의 반 강제적으로 사정해서 할 때가 더 많았다.

"강수철씨, 십분 후에 수술실로 올라가셔야합니다. 보호자 분 안 계세요?"

"네. 여기 있어요."

간호사가 찾을 때 아내가 동시에 병실로 들어왔다. 나도 모르게 한숨이 나온다. 아내는 쇼핑백에서 세면도구와 화장지를 꺼내놓고 옆에 조용히 앉는다.

"나, 당신 수술하기 전에 할 말이 있는데······."

"뭔데? 걱정 마. 잘 되겠지 뭐."

"그게 아니고. 나, 애들한테 가려고."

"그게 무슨 말이야? 그럼 난?"

"갑자기 당신한테 이런 일이 생길 줄 몰랐지. 집은 내가 처분했어. 보름 후에 계약한 사람이 이사 올 거야. 당신은 퇴원해서 당분간 가게에서 지내다가 월세라도 알아보면 좋겠는데······."

"아니, 갑자기 그게 무슨 날벼락 같은 소리야! 도대체 왜 그래야 하는데? 왜 내가 가게에서 혼자 살아야 해! 당신 미쳤어?"

"미쳤냐구? 그래. 나 당신의 실체를 알고 진즉 미쳤어. 미치지 않고 어떻게 당신이랑 살았겠냐?"

"당신 도대체 왜 이래? 참고 산건 나야!"

목소리가 점점 커지자 병실에 있는 환자와 보호자들이 모두 우리 부부를 향했다. 그때 간호사와 녹색가운을 입은 남자 보조 간호사 두 명이 수술침대를 끌고 들어왔다.

"강수철씨, 4층 수술실로 올라가겠습니다."

남자 보조간호사들은 양쪽에서 나를 번쩍 들어 수술침대에 옮겼다. 그러곤 침대를 끌고서 앞서간 간호사를 따라갔다. 아내는 뒤 따라오는 건지 보이지 않는다. 머릿속이 복잡하다. 살면서 지금처럼 황당한 경우가 또 있을까? 내가 도대체 가족한테 뭘 잘못한 걸까?

다행히 아내는 가지 않았다. 수술실로 들어가기 직전 내 손을 잡고 말했다.

"수술하고 얘기하자. 기운 내."

눈물이 핑 돈다.

깨어나니 수술은 끝나고 회복실이다. 한기가 돈다. 이불을 끌어 당겼지만 여전히 춥다. 아내가 밖에서 대기하고 있는지 궁금하다. 의사가 다가와 수술이 어려웠다며 당분간 경과를 지켜봐야겠다고 한다. 잠시 후, 나를 태우고 왔던 두 보조간호사가 다시 나를 일반병실로 옮겨 놓았다.

아내가 돌아왔다. 안도의 한숨이 흘러나온다. 빌던지 사정을 하던지 해야겠다.

"여보, 당신이 뭣 때문에 그런지 몰라도 가지마. 나, 당신 없으면 안 되는 거 알잖아. 내가 더 잘할게. 응?"

"나, 당신한테 실망한지 오래야. 삼년 전, 애들 열 살 때 우리 아파트에 초등학생 성추행사건 있었지. 생각나?"

"응. 그건 왜?"

"엘리베이터 안에서 성추행 당한 애가 우리 영아와 같은 반 아이었어."

"그런데?"

"CCTV로 범인을 찾다가 당신이 포착됐어."

"그게 무슨 말이야!"

"당신이 성추행범이란 얘기가 아니야. 당신이 엘리베이터에서 한 짓까지 공개된 게 탈이지."

"내가 무슨 짓을 했다는 거야?"

"몰라서 물어? 혼자 엘리베이터에서 자위하는 모습이 찍혔단 말이야. 당신은 나 한 사람으론 만족이 안 되는 남자야. 밤낮으로 그 짓을 해야 직성이 풀리지. 내가 어떻게 당신 같은 사람을 믿고 살겠어? 머릿속에 온통 그 짓만 생각하는 남잔데."

"난, 당신 말고 다른 여자 손끝 한번 건드린 적이 없는 사람이야!"

"그럼, 나랑 아침저녁으로 하는 것도 부족했단 말야?"

"그래. 나라고 왜 불만이 없겠어. 하지만 섹스를 하면 기분도 좋아지고 우울한 마음이 없어지는 걸 어떻게 해. 당신은 잘 해주지도 않고……."

"처음 경찰이 당신을 용의자로 지목하고 우리 집에 찾아왔을 때, 내가 얼마나 당신을 변호했는지 알아? 내가 아는 당신은 절대 그럴 사람이 아니라고. 다행히 다음날 범인을 찾아 검거하긴 했지만 너무도 수치스러웠어. 그게 다가 아냐. 내가 우리 애들 목욕 시킬 때 당신의 눈빛을 봤어. 그건 아빠의 눈길이 아니었어. 음탕해 보였다구!"

"그만해! 당신 지금 나를 짐승 취급하는 거야! 내가 정력이 세서 자위를 하긴 하지만 딸들까지 이상한 눈으로 볼만큼 저질이란거야? 그래. 떠나고 싶으면 떠나. 가! 가버려!"

수술한 곳이 쑤셔온다. 하지만 아내가 터트린 말보다는 고통이 덜 했다.

아내는 정말 다음날 나만 남겨두고 떠났다.

가게는 오늘도 나가지 않았다. 과일이 썩어서 냄새가 날 것이다. 어쩌면 음식물 쓰레기처럼 과육이 사거리까지 흘러내릴지도 모른다. 나는 장롱 옆에 웅크리고 누워 언제 나올지 모를 바퀴벌레를 기다리고 있다. 가끔 천정도 보면서.

전갈자리 그 여자

수다

커피메이커에 소주를 붓는다. 드립을 통과한 소주가 한 방울씩 떨어지고 집안에 소주향이 퍼진다. 뜨거운 소주를 머그컵에 담는다. 아침이면 습관처럼 소주를 내려마신다. 커피향보다 진한 소주향은 머리까지 몽롱하게 만든다. 그것이 좋다. 아침이라고 머리를 맑게 할 생각은 전혀 없으니까.

여자는 뜨거운 소주를 한 모금 마시며 컴퓨터 앞에 앉는다. 다운중후군 카페에 들어가 회원들의 글과 사진을 보는 일은 이미 여자에겐 일상이다. 회원이 올려놓은 새로운 사진 중에 딸아이와 너무도 닮은 아이가 눈에 들어온다. 클릭을 한다. 여자는 딸아이의 이름을 부르려다 입술을 깨물며 깊은 숨을 몰아쉰다. 머그잔에 반 컵 정도 남은 소주를 단숨에 들이키자 속이 쓰리다가 아파온다. 누군가 예리한 송곳으로 마구 찌르는 것 같다. 모니터 속 아이의 얼굴이 일그러져 보인다.

　토요일 대낮. 명동거리는 분주하다. 저마다 함께 걷는 사람과 수다를 떨고 혼자인 사람은 휴대폰에 대고라도 지껄인다. 좌판 장사꾼들과 상점 판매원들의 호객소리는 쏟아져 나온 사람들보다 훨씬 크다. 어디선가 일본어도 들리고 중국어도 들린다. 세상은 소음으로 가득차서 빈 공간이 없다. 여자는 아직 지구상의 생물체중 이토록 시끄러운 생명체를 알지 못한다. 사람들의 입김으로 공기마저 팁팁하다. 세상을 정복할 수 있었던 힘도 저 악다구니 속에서 나온 것 같다.

　약속 시간이 한참 지나서야 대학 동창 영미와 경숙이 약속 장소에 먼저 나온 여자에게 다가온다.

　"너희들은 꼭 내가 먼저 만나자고 해야 얼굴 보여주니!"

　영미는 오도카니 서 있는 여자를 보며 자신이 모임의 주동자임을 뻐기듯 힘을 주어 말한다. 늦어서 미안하다는 말은 뒷전이다.

　사람들 틈바구니 속에서 두 친구는 쇼윈도에 걸린 옷들과 신발을 일일이 둘러보고 다닌다. 셋이 걷기엔 부담스러운 명동거리를 여자는 덤으로 붙은 사은품처럼 두 친구의 꽁무니를 따라다니는 꼴이다.

"우리 배고픈데 밥이나 먹자!"

"낙지전문점 어때? 기분전환엔 매운 게 최고잖니."

두 친구에 의해 메뉴와 식당이 정해지고, 보기만 해도 속이 쓰릴 것 같은 낙지볶음이 나온다. 여자는 낙지를 가위로 잘게 자른다. 사실 여자는 자신의 손가락을 잘라버리고 싶다. 다시는 아이의 손을 잡지 못하게. 순간, 낙지를 자르던 손이 부르르 떨린다. 여자는 얼른 식탁 밑으로 손을 내려 다른 한손으로 꽉 움켜잡는다.

경숙이 안쓰러운 표정을 지으며 말을 걸어온다.

"소영이 보고 싶겠다. 남편한테 맡기고 걱정 많이 되지?"

여자는 딸아이 이름이 나오자 눈동자의 위치를 어디에 꽂아야 할지 몰라 눈알을 좌우로 굴린다. 그때 영미가 끼어들어 화제를 몰아간다.

"그렇겠다. 우리 언니도 애들 때문에 이혼 했다가 다시 합쳤잖니. 그래도 남편처럼 편한 인간이 세상에 없다나 뭐래나."

두 친구는 핑퐁게임처럼 계속 말을 주고받으며 큰소리로 웃는다. 여자는 멍한 표정으로 두 친구의 입을 보며 낙지를 질겅질겅 씹어댄다. 영미의 입에서 빨간 밥알이 튀어나와 콩나물 접시에 얹어진다. 그걸 보자 속이 미식거리면서 쓰려온다.

여자는 숟가락을 내려놓고 두 사람의 밥그릇이 비워지길 기다린다. 밥을 먹고 두 친구는 편안한 커피숍을 찾는다. 커피숍에서도 여자는 두 친구의 입만 바라본다. 지루해지면 손톱을 물어뜯는다. 입을 다물고 계속 듣고 있다 보니 머릿속이 멍해지고 입에서 단내가 난다. 두 사람은 헤어질 때까지 여자가 한마디도 하지 않은 걸 모르는 눈치다.

"네 마음 다 아니까 우울하면 연락해라. 친구 좋다는 게 뭐니?"

영미의 마지막 한마디가 오늘은 여자를 위한 만남이었던 것으로 마무리 됐다. 친구들의 뒤통수를 보고 여자는 그제서 안도의 한숨을 내쉰다.

지하철을 타자 대학생처럼 보이는 젊은 여자들과 중년 여자들이 한 뭉텅이씩 모여 있고 드물게 남자 몇몇이 사이에 끼어 있다. 중년 여자들은 타인을 의식하지 않은 채 개인의 사소한 정보까지 모두 쏟아낸다. 내리는 곳이 같다면 흘러나오는 대화내용으로 그들의 직업, 나이, 가족, 집 위치 정도는 손쉽게 알아낼 수 있을 것 같다. 여자는 수다를 들을수록 짜증이 난다. 입을 틀어막고 싶은 충동이 인다. 그들의 과다한 입놀림으로 멀미가 날 지경이다. 여자가 구역질을 하자 아주 잠깐 그들의 수다가 멈춘다. 여자는 얼른 비어있는 노약자석으로 자리를 옮긴다.

아이의 생일 날짜인 현관 비밀번호를 누른다. 예전 집과 같은 번호다. 여자는 들어온 그대로 겉옷도 벗지 않고 소파에 몸을 웅크리고 눕는다. 피곤함이 눈꺼풀을 누른다. 하지만 다시 지하철 역으로 가야만 한다. 새로 산 아이의 코트가 이제서 떠오른 것이 다. 낙지덮밥 집에 놓고 온 게 분명하다. 친구들 수다에 아이의 분홍색 코트를 놓고 온 것이다. 여자는 일어나 곧장 명동으로 향 한다.

초저녁의 명동거리는 대낮보다 더 붐빈다. 좌판도 늘어나 소 소한 액세서리부터 간식거리까지 한 치의 양보도 없이 거리를 메우고 있다. 그 속에서 빨간 어깨띠를 두른 남자가 그림이 그려 진 작은 종이를 주며 말을 건다.

"잃어버린 어린양 한 마리도 귀히 여기시는 우리 주 예수 그리 스도를 믿으세요."

여자는 남자의 뒤통수를 보며 종이를 길바닥에 버린다.

'잃어버린 것은 무엇이든 소중한 거야. 코트를 누가 가져가지 말아야 할 텐데…….'

속으로 뇌까리는 동안 네온사인 불빛에 분홍색 코트가 눈앞에 서 어른거린다.

식당에 도착하자 초겨울인데도 등에 땀이 찬다. 여자는 황급 히 안으로 들어가 친구들과 앉았던 자리를 찾는다. 다행히 그 자 리에 다른 손님은 없다.

"여기 놔둔 분홍색 코트 봤어요?"

옆 테이블에서 주문을 받고 있는 여종업원에게 묻는다.

"코트요? 아무것도 없었는데요."

"핑크색 리본이 달린 여자아이 코튼데, 확실히 여기 놓고 갔어요."

"아까 세 분이서 낙지덮밥 드시고 간 건 아는데, 치울 때 아무것도 없었다고요."

여자는 종업원의 입을 자세히 본다. 말하는 입고리가 약간 떨리고 있다.

"손님이 놓고 간 물건이 있으면 곧바로 부르든가 보관해둬야지, 지금 어디다 감추고 오리발이야!"

여자는 성난 목소리로 종업원을 한 번 더 다그친다.

"지금 저를 의심하는 거예요? 정말 별꼴이야. 이런데서 일한다고 사람 무시하는 거야 뭐야!"

흥분하는 걸 보니 뒤가 구린 게 분명하다. 식당을 뒤집어엎어서라도 찾아내고 싶다. 하지만 아무도 모르게 깊이 감춰버렸다면 망신만 당하겠지. 허탈하다. 여자는 정신없이 떠들어 댄 친구들이 원망스럽다.

식당을 나와 명동거리를 걷는다. 하늘은 눈이나 비가 한차례 내릴 낌새다. 때마침 커피숍에 놓고 온 우산이 떠오른다. 오후에 비가 올 거라는 일기예보를 듣고 챙겨왔던 체크우산, 남편이 처음이자 마지막으로 백화점에서 사준 물건이다. 여자는 다시 식당 옆 골목 커피숍으로 뛰어간다. 비가 오기 전에 찾아야지, 코트처럼 맥없이 우산마저 잃어버릴 수는 없다.

"체크우산 못 보셨나요?"

"저희 커피숍은 셀프라서 손님이 앉은 자리를 일일이 기억할 수도 없고 물건을 챙겨 드릴수도 없습니다."

아르바이트생처럼 보이는 종업원의 대답은 무책임하고 간단 명료하다.

"치사한 사람들. 왜 남의 것을 자꾸 가져가는 거야! 그냥 그대로 놔두면 찾을 수 있을 것을."

종업원은 서 있는 여자를 투명인간 대하듯 무시한 채 다른 손님의 주문을 받는다. 한 번의 외출로 코트와 우산을 잃어버리다니 억울하다. 흘리고 다닌 잘못도 있지만 찾을 수 없다는 현실에 맥이 풀리고 주저앉아 울고 싶다. 울컥하자 낮에 먹은 낙지가 신트림과 함께 넘어오려고 한다.

집에 도착할 때까지 다행히 하늘에서는 아무것도 내리지 않는다.

소주를 커피메이커에 내린다. 여자의 몫으로 떨어진 17평 아파트에 소주향이 가득하다. 그것은 남편의 냄새이기도 하다. 여자는 식탁에 앉아 한 방울씩 떨어지는 소주를 멍하게 바라본다. 몸이 서서히 마취가 되는 것 같다. 머그잔에 뜨거운 소주를 따라 한 모금 마신다. 입안에 소주향이 퍼지면서 칼칼한 액체가 목구

멍을 통과해 장기 구석구석까지 싸하게 퍼져 내려간다. 소주를 한 모금 더 마시자 식탁에 얼굴이 퍽 떨어진다. 흐르는 눈물과 입에서 새는 소주가 구분이 안 되게 뒤섞여져 식탁 바닥에 흥건히 젖어든다. 기운이 없다. 여자는 그대로 엎드려 꼼짝도 않고 가끔 눈만 껌뻑거린다.

이혼을 한 것은 육 개월 전이지만 아이의 끈을 놓아 버린 건 불과 보름도 되지 않는다. 여자는 남편에게 질투심을 느낀 자신을 용서할 수가 없다. 질투심은커녕 아까운 마음도 들지 않았어야 했다. 마치 쓸모없는 물건을 떠 넘겨버린 것처럼. 하지만 그것은 이성이 살아있는 상태에서만 조절 가능한 일이었다. 이혼 전 남편은 거의 매일 술을 마시고 들어와서는 사는 게 소주보다 쓰다고 한탄했다. 그런 남편을 보면 막힌 벽처럼 답답했다. 아이라도 정상적이었다면 아이를 키우며 다른 엄마들처럼 자잘한 행복감을 느꼈을 것이다. 남편의 매정한 태도와 아이의 멍한 얼굴을 보면 잘 못 그린 그림처럼 구겨버리고 싶었다.

눈물과 소주가 범벅이 된 식탁이 말라갈 때 전화벨 소리가 울린다. 여자는 힘겹게 식탁에 달라붙은 얼굴을 떼어낸다. 정신을 차리려 손바닥으로 얼굴을 문지르자 식탁에 들러붙었던 볼은 아직도 축축하고 반대쪽 볼은 푸석푸석하다. 여자는 마취에서 덜 풀린 사람처럼 휘청하며 일어나 전화를 받는다. 언니다. 일곱 살 터울 진 언니는 슈퍼마켓을 한다. 5년 전 남편을 교통사고로 잃고 보험금으로 동네에 슈퍼를 차린 것이다. 혼자 아들 셋을 키우고 있는 언니의 모습은 언제나 마음 한구석을 짠하게 만든다. 적어도 여자가 혼자되기 전까지는.

언니는 가벼운 안부도 없이 본론부터 들어간다.

"집에 가만히 있으면 살길이 생기는 것도 아닌데, 너도 취직을 하던지 붕어빵장사라도 해야지. 언제까지 그러고 있을 거야? 내일 시간되면 슈퍼 나와서 알바라도 해라. 그래도 너는 소영이 지 아빠한테 맡겨서 얼마나 다행이니. 차라리 홀가분하게 생각해. 알았지! 왜 대답이 없어?"

소영이를 떼어놓은 것이 다행이라고? 소영이가 한번이라도 언니를 귀찮게 한 적이 있던가? 여자는 대답도 하지 않고 수화기를 내려놓는다. 친구의 말이건 언니의 말이건 그들의 동정을 포장한 이기적인 마음을 잘 알고 있다.

머그컵에 남은 소주를 입 안 가득 넣고 삼키려는데, 구역질이 나온다. 비틀거리며 화장실로 가서 뱉어버린다. 그나마 입안에 퍼진 소주향이 위로가 된다. 여자는 머리가 아파오자 식탁의자에 걸쳐놓은 회색 스웨터를 입고 밖으로 나간다. 하늘에서는 여전히 아무것도 내리지 않고 어둠만 무겁게 깔려 있다. 여자는 주변을 둘러보고 아파트공원 벤치에 앉는다. 공원둘레를 차지한 느티나무는 잎사귀하나 붙어있지 않다. 어느새 겨울 안으로 들어오다니, 언제부턴지 모르게 계절은 여자와 상관없이 무심히 흘러갔다.

6개월 전에는 어떻게 하루하루를 보냈는지 갈수록 기억에서 멀어진다. 밥을 하고 빨래를 했을 것이다. 또 남편을 출근 시키고 아이를 특수학교에 보내고 다림질을 했을 것이다. 남편은 겉옷은 물론이고 속옷도 다려 놔야 입었으니까.

그날도 여자는 속옷 다림질을 하고 있었다. 남편이 여자 후배를 집으로 끌고 들어온 날도.

"여보, 술상 좀 봐와! 같이 한잔하자고! 애는 여자도 아냐. 남자들보다 말이 더 잘 통한다니까. 당신도 들었지? 우리 회사에 입사한 대학 후배 순미."

긴 머리를 늘어뜨리고 남편 뒤에 서 있는 여자는 조막만한 얼굴에 새빨간 립스틱을 발라 입만 선명하게 눈에 들어왔다.

"언니, 안녕하세요?"

여자는 친하지도 않은 사람을 단박에 언니라고 부르는 후배나 아내를 술집 마담 취급하는 남편이나 똑같은 부류라고 생각했다.

"순미야, 우리 와이프 그렇게 갑갑한 여자 아냐. 한잔하고 자고 가! 당신도 이해하지? 헤헤."

순간 다리미로 남편의 입을 밀어 버리고 싶은 충동이 일었다. 평상시엔 말 한마디도 아꼈던 남편은 술만 마시면 말이 많았다. 남편의 술 냄새도 싫었지만 달고 온 여자 후배는 더 싫었다. 여자보다 한 뼘은 족히 작아 보이는 후배는 싫지도 좋지도 않은 표정으로 밤새도록 남편 옆에 앉아서 종알거렸다.

다음날 해명하는 남편의 목소리는 여자의 머릿속을 더욱 엉망으로 만들뿐, 따질 마음도 생기지 않을 만큼 비참했다.

"침묵시위 하는 건가? 당신은 그게 문제야! 구질구질한 집구석."

그때 소영이가 식탁에서 혼자 밥을 먹다 아빠에게 다가갔다.

"아빠, 내일 내 생일이야! 초코 케이크 사와요."

"엄마한테 사달라고 해. 아빤 바빠."

아이가 남편에게 매달려 바지를 잡자 남편은 아이의 머리를 밀며 바지를 털었다. 그때부터 여자는 남편의 다림질을 포기했다. 남편에 대한 분노가 치밀어서이기도 하지만 다림질을 할 때마다 옷감에 빨간 립스틱이 얼룩져 보였기 때문이다. 남편의 흰 와이셔츠나 흰 속옷을 다릴 때는 더 선명했다. 다림질을 안 해놓자 남편은 함께 살 명목마저 없어진 듯 며칠 씩 집에 들어오지 않았다.

느티나무를 바라보고 있는 동안 강아지를 산책시키던 노파가 어느새 여자 옆에 앉아 있다. 노파는 강아지를 안아 자신의 코트 속에 넣는다.

"우리 아기, 추웠지? 엄마가 따뜻하게 해줄게. 내일은 우리 아기 겨울옷 사러가야겠다. 아이쿠! 발도 시려요? 신발도 사줄게.
예쁜 내 새끼."

강아지가 알아듣든지 말든지, 떠들어 대는 노파 입에서 개 오
줌 냄새가 난다. 여자가 얼굴을 찡그리며 옆으로 비껴 앉는 것을
눈치 챘는지 노파가 말을 걸어온다.

"새댁, 나는 얘 때문에 산다우. 이 녀석이 내겐 말벗이라우. 혼
자 사는데 누구하고 말할 사람도 없고, 아마 이 녀석이 없었더라
면 외로워서 벌써 이 세상 떴을거유."

노파는 물어보지도 않은 말을 이어가려 한다. 강아지를 아이
로 생각하면서까지 말을 해야만 살아갈 수 있다니, 여자가 노파
를 살리는데 일조하려면 지금 함께 얘기를 나눠야 할 것이다. 하
지만 여자는 아무 대꾸도 하지 않은 채 자리에서 일어난다. 젊은
목소리건, 늙은 목소리건 불필요한 수다는 그저 소음일 뿐이다.

이혼하기 전, 늦은 저녁이면 여자는 사람들이 뜸한 시간을 틈
타 소영이와 공원산책을 했다. 죄를 지은 것도 아닌데 당당하지
못한 태도가 아이에게 미안할 때도 있었다. 딸아이가 태어나고
사람들 입방아에 오르내리면서 여자와 남편은 누구를 위한 가정
인지 길을 잃었다. 남편은 여자의 얼굴을 정면으로 보지 않았다.
그것은 소영이가 첫돌이 지났을 무렵부터다. 소영이는 커갈수록
또래 아이들과 분명히 달랐다. 초점 없는 눈동자에 그 병에 걸린
아이들과 너무도 비슷한 생김새, 더딘 발달. 여자는 딸아이의 얼

굴을 볼 때마다 눈물이 흘렀고, 남편은 우는 여자를 외면했다. 남편에게 가정은 남들에게 보이기 싫은, 허접하지만 마지못해 입는 잠옷 같았다.

엄마의 열패감과 아빠의 무신경 속에서도 아이는 밝게 자랐다. 여자는 탈출구를 찾아 나서듯 인터넷 카페 다운증후군 모임에 가입했다. 동그란 얼굴과 졸린 듯 보이는 눈, 낮은 코에 벌린 입, 통통한 손을 가진 아이들과 아이 엄마들을 만나자 속에서 뜨거운 무언가가 올라왔다. 여자는 집에 돌아와 모임에서 나눈 얘기를 남편에게 말해줬다. 하지만 벽을 마주하고 말했으면 적어도 상처는 받지 않았을 것이다.

"수다 그만 떨고 밥이나 줘!"

자식에 관계된 얘기가 수다에 불과한 하찮은 것이라니, 남편은 여자의 입을 단칼에 베어버렸다.

소영이는 지능은 낮았지만 모임에 데려가면 비슷하게 생긴 아이들과 잘 어울리고 엉뚱한 말도 잘했다. 여자는 그런 딸아이에게 갈수록 애착이 갔다. 가까운 친인척뿐 아니라 주위 사람들은 애써 아이를 보며 귀엽다고 했고, 안타깝다고 위로 했으며 뒤에서는 비수 같은 혀를 휘둘러 댔다. 남편마저 아이와 함께 외출하는 것을 꺼렸다. 총각 같은 아빠가 평범함에도 못 미치는 아이를 달고 거리를 활보하는 것이 폼 나는 일은 아니었을 것이다.

"아빠, 놀이공원가요. 제발요. 웅! 웅."

모처럼 휴일에 남편이 집에 있자 아이가 졸랐다.

"오늘 애가 왜이래? 당신이 시켰어? 저리 가서 엄마랑 놀아!"

남편은 아이를 애완동물 취급도 안 해줬다. 집에서 키우는 강아지도 몇 년간 키우면 정이 들어 안아주고 공원산책도 시켜줬을 것이다. 하지만 아이는 아빠의 몰인정에 상관없이 항상 잘 웃었다. 그리고 유난히 분홍색을 좋아했다.

여자는 일을 그만두고 한동안 쓰지 않았던 재봉틀을 꺼냈다. 엄마로서 의무감이 절반을 차지했지만 동대문 시장에서 천을 떠다 옷뿐 아니라 아이 방의 커튼이며 침대보를 분홍색으로 꾸며주었다. 재봉틀은 먼지 낄 틈 없이 매일 돌아갔고 소일거리는 잡념을 없애는 데 큰 도움이 됐다. 그것은 딱히 아이를 위한 것이 아니라 여자 자신을 위한 작업이었다.

여자는 혼자 지내게 되면서 늦은 밤이 되면 불안했다. 불을 끄면 옷걸이에 걸어 놓은 옷들이 검은 형체처럼 섬뜩했고, 누워서 멀뚱멀뚱 창문을 바라보고 있으면 어느새 동이 트고 있었다.

여자가 눈을 감는다. 낮에 명동거리를 두 번이나 휘젓고 다녔으니 잠이 안 올 리가 없다. 하지만 오늘밤도 원수 같은 잠은 피곤한 여자의 몸을 도와주지 않는다. 치사하다. 잠을 억지로 청하느니 차라리 뜨거운 물에 몸을 담그는 편이 나을 듯싶다. 욕조에 물을 받으며 옷을 벗는다. 그때 문득 아이의 머리핀을 공원벤치에 놓아두고 온 것이 떠오른다. 분홍색 리본이 달린 핀 두 개. 아이 머리에 양 갈래로 꽂아 줄 생각으로 사 놓은 것인데 벤치에 두고 오다니 낭패다. 옷을 다시 주섬주섬 입는다. 누가 가져가지 말아야 할 텐데, 혹여 바람이라도 불어서 날아갔으면 큰일이다. 어쩌면 아까 그 노파가 집어 갔을 수도 있다. 아니면 멍청하게 생긴 노파의 강아지가 물고 갔을지도. 적어도 남의 물건에 손은 대지 말아야 하는데, 요즘 사람들이 어디 그런가. 남의 것, 남의 일에 더 관심이 많지 않은가? 여자의 머릿속에 불안과 혼란이 겹쳐 온다.

엘리베이터는 17층에 정지되어 있다. 5층까지 내려오는 것을 기다리려니 조급증이 나서 계단을 뛰어 내려간다. 도착한 공원 벤치엔 아무도 없다. 그리고 머리핀도 없다. 여자는 벤치 밑바닥과 벤치 주변에 이어 공원 전체를 침침한 가로등에 의지해 뒤진다. 느티나무 가지를 꺾어 땅을 훑어보기도 한다. 하지만 헛수고다. 노파가 가져간 게 틀림없다. 내일 다시 사오면 되겠지만 그렇게 예쁜 핀이 남아 있을까? 갑자기 한기가 몰려온다.

여자는 25층까지 올라가있는 엘리베이터를 끌어내리기가 싫어 계단으로 터벅터벅 올라간다. 내려 갈 때는 몰랐는데 계단을 오르는 발에 슬리퍼 한 짝과 구겨서 신은 운동화 한 짝이 번갈아 보인다. 그리고 한발씩 내 딛을 때마다 허연 허벅지가 긴 스웨터 밖으로 삐져나온다. 그제야 팬티와 스웨터만 입고 짝짝이 신발로 공원을 헤맸다는 것을 알아차린다.

집안으로 들어와 욕실 문을 열자 습하고 더운 공기가 콧속으로 훅 들어온다. 욕조 물은 넘치고 미처 하수도를 빠져나가지 못한 물은 바닥에서 회오리 치고 있다. 여자는 물을 잠그고서 욕조에 몸을 깊이 담근다. 물은 여자를 거부하는 듯 거세게 넘쳤지만 쇄골 뼈가 닿을 때까지 몸을 담근다. 졸음이 조용히 쏟아진다.

여자의 신혼은 거미줄에 걸린 나비처럼 퍼덕거리다 끝났다. 결혼하자마자 여자의 고집대로 아파트를 분양 받고 진세를 옮겨가며 융자금 갚기에 급급했다. 대기업 패션기획팀 말단이었던 남편은 유난히 사람들의 눈을 의식했다. 여자 역시 유행에 뒤처지진 않았지만 남편은 결혼 전에도 모델처럼 다양한 옷을 가지고 있었다. 남편은 큰 키와 시원스런 이목구비 덕분에 티셔츠에 찢어진 청바지만 입어도 멋이 흘렀다. 그런 자신을 너무도 잘 아는 남편은 가벼운 외출에도 갖춰 입지 않을 바엔 나가는 것을 포기할 정도였다. 연애할 땐 그런 멋스런 남편이 좋았고, 결혼 후엔 유난스러운 남편을 이해하기 힘들었다. 하지만 서서히 그런 남편에게 길들여지고 있었다.

여자는 동대문 시장에서 유행에 민감한 옷을 디자인했다. 대학 선배 두 사람이 이미 자리를 잡아 놓은 상태라 그다지 힘들지 않게 시장의 유행을 따라 잡았다. 명목상 선배들이 대표였지만 일한 만큼 충분한 보상을 해주었기에 여자는 상인들에게 영업까지 하면서 빨리 회전시키려고 노력했고, 한 푼이라도 더 벌려고 악착을 떨었다.

아파트입주 몇 달을 남겨두고 미뤄왔던 아이가 생긴 것을 알았다. 입주 후에 안정된 생활권에서 아이를 갖기 원했던 여자는 고민 끝에 낙태를 생각하고 남편에게 임신사실을 알렸다. 하지만 동의하리라 여겼던 예상은 빗나갔다. 남편은 여자 의견은 무시한 채 아이 문제만은 양보하지 않았다. 여자는 남편이 부부의 결속을 위해서 아이를 필요로 한 것이라 생각했다. 뱃속에 아이는 고맙게도 순했고 입덧도 견딜만했다.

여자는 임신초기 두세 달은 꼬박 산부인과 진찰날짜를 지켰지만 그 이후 몇 달간은 건너뛰었다. 그때 연예인 행사용 의류를 맡게 되어 기분이 들떠 있었던 데다 바쁜 와중에 병원을 들른다는 것이 쉽지 않았다. 배가 점점 불러오자 남편은 일을 그만두게 했고 그제야 편하게 산부인과를 다시 찾았다. 임신 8개월 만에 다시 찾은 병원이었다.

"적어도 기형아 검사는 하셨어야죠. 젊은 산모가 왜 그리 겁이 없어요?"

여의사는 꽤나 불친절한 말투로 대했다. 순간, 병원이 여기밖에 없나 싶어 박차고 나가고 싶었지만 의사의 뒷말은 말문을 막아버렸다.

"지금 기형아 가능성이 높습니다. 삼일 후에 양수결과를 봐야

확실하겠지만."

여자의 얼굴은 벌겋게 달아오르다가 이내 모든 혈관이 굳어버린 것처럼 움직일 수가 없었다. 희멀건 자작나무처럼 옆에 서있던 남편도 아무 말이 없었다.

삼일 후, 병원을 찾았을 때 의사는 판사처럼 근엄한 표정으로 다운증후군 판정을 내렸다. 그 후 남편과는 출산 준비물이라든가, 아이에 관한 어떠한 얘기도 하지 않았다. 그때부터 자연스럽게 각방을 쓰게 됐고 임신 말기였던 여자는 잠만 잤다. 일상이 잠으로 이뤄졌다 해도 과언이 아닐 정도로.

남편이 출근해서 퇴근할 때까지 잤고 밤이 되면 또다시 잠을 잤다. 깨어있는 시간은 하루에 서너 시간이 전부였다. 어쩌다 청소를 하면 책상에 남편이 인쇄해 놓은 다운증후군에 관한 사례와 책자가 놓여 있었다. 여자는 실감할 수 없는 현실에 마음 졸이는 것이 싫어 오직 잠에 매달렸다.

그렇게 새집에 입주한 지 두 달 후, 21번 염색체를 세 개 가진, 남편도 여자도 닮지 않은 딸아이가 태어났다. 그리고 준비 없는 부모가 되었고 세 식구의 생활이 시작되었다.

졸음이 밀려온다. 여자의 눈이 절반쯤 감긴다. 욕조에 풀어놓은 거품은 거의 삭아 알몸이 물속에서 고스란히 드러난다. 이혼 후 가끔 욕조 안에서 자위를 했다. 그것은 피할 수 없는 암컷

의 욕정처럼 불쾌한 일이었다. 섹스를 할 때도 노련했던 남편은
어눌한 여자의 체위를 답답해했다. 그래서인지 각방을 쓰면서도
단 한 차례도 애달아하지 않았다.

초인종소리가 들린다. 여자는 새벽에 찾아올 만한 사람이 없
어 욕실에 그대로 있어 버린다. 또다시 초인종 소리가 여러 차례
반복해서 거세게 들린다. 모처럼 만에 찾아온 달콤한 잠을 날려
버린 누군가가 원망스럽다 못해 화가 치민다. 퉁퉁 불은 몸의 물
기를 대충 닦고 불청객을 확인한다. 엄마다.

"넌, 뭐한다고 이렇게 문을 안 여니? 어디 간 줄 알았다."

"꼭두새벽에 웬일이야?"

"지금이 몇 시인데 새벽 타령이야, 점심때가 다 됐구먼."

엄마는 싸온 밑반찬을 풀어 냉장고에 넣으며 연신 불만을 터
트린다.

"너, 이렇게 살려면 소영이 데려와. 네 새끼 네가 키워야 맘이
편하지, 정 서방 뭘 믿고 아이를 두고 와! 두고 오길. 나쁜 놈! 너
도 마찬가지야. 모자란 자식 가지면 다 너희처럼 그렇게 키우는
줄 아냐? 텔레비전 보니까 장애인도 좋은 대학가서 박사도 따고
의사도 되고 하드만. 소영이도 그렇게 키우면 되지. 헤어지긴 왜
헤어져가지고 이렇게 살아!"

"내가 뭘 어쨌다고 그래. 나 잘 살고 있잖아!"

"냉장고하고 밥통 열어보고 그런 소리 하는 거냐! 아주 다 썩

었구먼. 밥에 곰팡이 핀 것 좀 봐. 속상해서 죽겠구먼. 내가 두 딸
년한테 무슨 호사를 바라겠다고 모진 목숨 사는지 모르것다."

엄마의 잔소리는 집안에 가득 차서 울리고 엄마의 입은 둥둥
떠다닌다. 고향에서 혼자 농사짓고 사는 엄마는 어젯밤에 본 노
파처럼 강아지라도 키워야 할 것 같다. 피곤이 몰려온다. 여자는
남아있는 선잠이라도 잡고 싶어 방으로 들어가 버린다. 누워 있
는 동안에도 엄마의 입은 천장에 붙어 계속 웅웅거린다. 커다란
입이 여자의 몸을 휘감는다.

일어나보니 밖은 벌써 어둡다. 집안에 인기척은 없는데 된장
국 냄새가 풍기자 갑자기 허기가 진다. 엄마는 말도 없이 가버리
고 없다. 여자의 입이 간지럽다. 불을 켜고 거울을 본다. 입이 너
무 커져있다. 얼굴의 절반이 입으로 가득 찼다. 치아도 낙타 이
빨처럼 크다. 뭐든 삼켜버릴 것 같다. 여자는 화장대 위에 놓인
파운데이션과 잡티를 가리는 커버스틱으로 입을 살색으로 바르
고 계속 덧칠을 한다. 하지만 입은 여전히 크고 지워도 표시가 난
다. 마스크를 찾는다. 마스크로 간신히 꽉 찬 입을 가리고 옷을
입는다. 딸아이에게 눈이 내리기 전에 부츠를 갖다 줘야 한다.
여자는 자신의 입이야 어떻든 아이가 좋아 할 생각을 하자 잠시
흥분이 된다.

부츠가 없다. 신발장 위에 올려 둔 아이의 분홍색 부츠. 말도
안 되는 일이다. 외출하고 돌아왔을 때 도둑이 든 것 같지도 않았

고, 설사 들어왔더라도 부츠만 훔쳐가진 않았을 것이다. 현관 비밀번호를 아는 언니가 바쁜 시간에 다녀갔을 리도 없다. 놓아 둔 곳을 잘 못 알고 있는 걸까? 부엌의 찬장과 냉장고 속을 뒤지고 다시 방으로 가서 장롱과 화장대를 뒤진다. 없다. 감쪽같이 아이의 부츠가 사라졌다. 그렇다면 엄마가 가져간 게 틀림없다. 엄마가 원망스럽다. 하지만 달리 방법이 없다. 부츠를 다시 사러 가는 수밖에.

퇴근시간과 맞물려 지하철이 붐빈다. 여자는 마스크를 쓰고 나오길 잘했다는 생각이 든다. 인파에 떠밀려 열차에 오른다. 여자는 칸막이 손잡이에 의지해 서 있다. 사람들의 썩은 입 냄새가 스멀스멀 마스크를 뚫고 들어온다. 그중 연신 떠들어 대는 앞에 앉은 두 여자의 입에서 참지 못할 정도의 악취가 난다. 시궁창을 들쑤셔 놓은 것 같다. 여자는 견디다 못해 도중에 내려버린다. 마스크를 벗어 크게 심호흡을 한 후 다시 쓴다. 그때 지하철 통로를 오가는 사람들의 입이 점점 커지면서 지껄이는 소리가 귀에서 심하게 울린다. 탈출해야 한다. 여자는 고개를 숙이고 지상으로 뛰어 올라간다. 찻소리에 사람들의 목소리가 묻힌다. 다행히 손을 들어 지나가는 택시를 잡아탄다.

"어디로 모실까요?"

"……."

"손님, 어디로 가냐고요?"

"……."

여자는 도저히 말을 할 수가 없다. 입을 만진다. 입이 느껴지지 않는다. 마스크를 벗는다. 입이 없어졌다. 기사는 백미러로 여자를 보더니 계속 직진해서 달린다. 여자는 답답해서 차문을 친다. 기사는 고개를 갸우뚱하며 갓길로 차를 세우더니 요금표를 가리킨다. 여자는 자신을 농아로 보는 것 같아 어이가 없다.

택시에서 내리자 커피숍이 보인다. 여자는 일단 숨고 싶은 마음에 커피숍으로 들어간다. 커피 향에 사람들의 입 냄새는 덜 했지만 여기저기 수다 떠는 소리에 귀가 먹먹하다. 할 수만 있다면 저들의 입을 지우고 싶다. 아니 집에 있는 재봉틀로 봉재인형처럼 박아버리고 싶다. 화장실 세면대로 가서 거울을 본다. 역시나 입이 사라고 없다. 얼굴에 눈과 코는 붙어 있는데 입이 있어야 할 자리가 밋밋한 맨살이다. 여자는 사람들의 입방아에 오를 생각을 하니 심장이 쿵쾅거린다. 주머니에 넣은 마스크를 쓰고 커피숍 밖으로 나온다.

방향치인 여자는 택시기사가 어설프게 내려놓은 곳에서 집과 백화점을 향하는 방향을 잃는다. 물론 익숙한 거리라면 문제없이 찾겠지만 처음 간 거리에서 한번 방향을 잃으면 한참을 헤매야 한다. 다시 택시를 탈수는 없다. 여자는 시내 복판을 통과하는 파란색과 초록색 버스를 몇 번 갈아타고 간신히 집으로 돌아온다.

현관 앞에 걸어놓은 사진 속 아이는 함박꽃처럼 웃고 있고, 여자의 입은 누군가 지우개로 지운 것처럼 감쪽같이 사라졌다. 여자는 한숨 자고나면 입이 생길지도 모른다는 생각을 하며 소파에 쓰러진다.

여자는 다시 마스크를 쓰고 부츠를 사러 나간다. 지하철은 출근시간을 넘겨서인지 한산한 편이다. 안내방송이 나오지 않는다. 고장 난 게 분명하다. 듬성듬성 빈자리가 많다. 앞사람들 얼굴이 여자의 눈에 한명씩 들어온다. 그때 쳐다보는 사람들마다 입이 차츰 지워지더니 결국 누구의 입도 붙어있지 않게 된다. 원래 없었던 것처럼. 여자의 입은 언젠가 당연히 없어질 줄 알았지만 다른 사람의 입이 없어진 것은 자신의 입이 없어진 것 보다 훨씬 당황스럽다. 옆자리에 앉은 남자는 입이 있던 자리라는 것을 알려 주듯 코밑과 턱에 꺼뭇꺼뭇한 수염만 보인다.

열차가 서더니 잡상인이 작은 수레를 끌고 들어와서 여자 앞에 선다. 잡상인은 접이 우산을 꺼내서 사람들에게 보여주며 왔다 갔다 한다. 우산을 사라고 하는 것은 알겠지만 도통 말을 안하니 답답하다. 두어 사람이 우산을 사자 잡상인은 옆 칸으로 이동한다.

다음 역에서 문이 열리자 젖은 우산을 들고 타는 사람이 몇몇

있다. 밖에 비가 오는 걸까, 눈이 오는 걸까? 어쨌든 여자는 우산을 사지 않은 걸 후회한다. 안내방송은 여전히 들리지 않는다. 갑자기 졸음이 밀려와 눈이 자꾸 감긴다. 하지만 소리가 들리지 않으니 연신 밖을 내다보며 역을 확인할 수밖에 없다. 드디어 백화점과 연결된 지하철역이다.

아이에게 주려고 코트를 사고 부츠를 샀던 백화점에 들어선다. 아이와 함께 왔을 때 여자는 분명 아이의 손을 꽉 잡고 있었다. 잠시 화장실을 가기위해 딸아이의 손을 놓고 백화점 휴게실 의자에 앉혀 놨을 뿐이다.

화장실에서 여자가 손을 씻고 있을 때 남편에게 전화가 왔었다.

"소영이 당신이 데려갔어? 특수학교에서 엄마가 데려갔다고 하던데."

"······."

"당신이 키울 거야? 다음에 딴소리 하지 마. 양육비는 자리 잡히면 매달 조금씩 보낼게. 나라고 왜 소영이가 불쌍하지 않겠니? 안 그래도 혼자 키우는 게 힘들어서 당신 생각 많이 났어. 정상적인 아이었다면 우리도 남부럽지 않게 살았을 텐데······. 사실, 나 다음 달에 결혼해서 호주로 이민 간다. 작년에 우리 집에 데려온 말 잘 통하는 후배 기억나지? 그 사람은 초혼인데 난 재혼 주제에 혹까지 붙어서 고민을 많이 했거든. 정말 고마워."

남편은 수호천사를 만난 듯 목소리가 들떠 있었지만 여자는 나락으로 떨어지는 기분이었다. 딸아이를 혹으로 취급하다 못해 홀가분하게 떠나버리겠다니. 여자는 순간 뇌를 망치로 얻어맞은 것 같았다. 남편은 마지막까지 여자 후배에겐 수다를 떤다고 하지 않았다. 말이 잘 통한다고 했을 뿐.

남편과 통화가 끝나자마자 여자는 붙잡고 있던 모든 것을 놓아 버렸다. 아니, 아슬아슬하게 매달려 있던 끈을 남편이 잘라버린 것이다.

화장실을 나와 에스컬레이터를 타는데 연신 안내 방송이 흘러나왔다.

〈아이의 엄마를 찾습니다. 아이 이름은 김소영, 분홍색 코트와 분홍색 머리핀을 꽂은 5세의 장애아입니다. 방송을 들으신 보호자께서는 속히 방송실이나 5층 휴게실로 와 주시기 바랍니다. 다시 한 번 알려드립니다.〉

에스컬레이터를 타고 4층 아이의류 코너에 분홍색 코트를 샀던 매장으로 간다. 분홍색 코트는 보이지 않는다. 날씨가 추워져 다 팔린 것 같다. 점원도 입이 없다. 여자는 다시 신발 매장으로 간다. 역시 소영이에게 주려했던 똑같은 부츠는 없다. 사방이 조용하다. 소영이와 함께 돌아가려면 우산이라도 사야한다. 여자는 1층으로 다시 내려간다. 우산은 굳이 잃어버린 것과 같은 체크무늬를 살 필요가 없다. 꽃무늬가 그려진 분홍색 우산을 집어 들고 점원에게 카드를 내민다.

밖에는 눈이 오는지 비가 오는지 알 수가 없다. 지하로 연결된 백화점에서는 밖을 볼 수 없다.

수세미

여고 2학년인 동생은 늦은 시간 걸려온 전화를 받고 홀연 집을 나갔다. 아무런 준비도 없이 집에서 입던 그 차림새로. 다시 돌아온 건 다음날 새벽 3시가 넘어서다.

동생의 외박은 초여름부터 시작되었다. 잠깐 나갔다온다는 짧은 한마디를 남기고 내 허락 따위 안중에도 없는 듯 나가버리는 것이다. 보통 다시 돌아오는 시간은 다음 날 새벽이거나 이른 아침이다. 방학기간에는 말없이 삼사일씩 집을 비우기도 했다. 나는 방학이면 동네 편의점에서 새벽까지 알바를 했고, 동생을 일일이 참견할 기운이 남아있지 않았다.

처음 몇 번은 걱정이 되어 경찰서에 신고도 해보고 밤새 기다리기도 했다. 동생은 어느 순간 등에 얹혀놓은 커다란 바위덩이처럼 짐스러운 존재가 돼가고 있었다. 따귀를 후려치고 싶을 때도 있었다. 하지만 동생이 말간 얼굴로 노려보면 내가 오히려 위축됐다. 북받치는 감정을 억누르고 차근차근 물어볼 수밖에 없었다. 그럴 때도 동생은 아무런 대꾸를 해주지 않았다. 갈수록 황당한 기분만 들었다. 누구에게 걸려온 전화인지 알아낼 수도 없었다. 전화를 걸면 동생은 전화하지 마, 라는 짧고 냉정한 한마디만 남기고 끊어버렸다. 다시 걸어도 받지 않거나 전원이 꺼져 있기 일쑤였다. 다행히 학교생활은 소홀히 하지 않는 것 같았다. 지각도 하지 않고 학교에서 돌아오면 아무 일 없다는 듯 태연히 방에서 공부를 하고 있었다.

"도대체 누굴 만나고 다니는 거야? 왜 나가면 전화를 안 받아?"

"언니가 간섭할 일이 아니니까 신경 꺼."

동생의 담담한 말투는 흥분하며 질문을 쏟아내는 나를 더욱 어이없게 만들었다.

"나야 대학생이니까 그렇다 치고 너는 아직 고등학생이잖아!"

소리를 질러도 소용없었다.

나와 동생이 엄마 품을 떠난 것은 내가 서울에 있는 대학에 합격통지를 받은 해 겨울이다. 엄마는 서울외곽의 다가구주택 지하를 얻어 동생과 함께 내려 보냈다. 동생은 지방에서도 전교 3등 안에 드는 똑똑한 아이였다. 단 한 번도 엄마 속을 썩이거나 애타게 한 적이 없었다. 나 역시 우등생이란 범주 안에는 들었지만 나름 논다하는 애들과도 어울리고 적당히 남자친구도 사귀면서 지루하지 않은 학창시절을 보냈다.

내가 서울로 간다고 하자 한동안 사귀었던 남자 친구는 가끔 찾아가면 만나 줄 거지, 하며 울먹였다. 나와 같은 대학에 합격하지 못한 걸 자책하는 투였다. 하지만 나는 그럴 마음이 조금도 없었다. 새 술은 새 부대에 붓고 고향친구는 고향친구로 남아줘야 명쾌한 인생살이가 될 것 같았다. 그래서 전화번호를 바꾸고 연락을 끊었다. 고향사람들은 엄마 혼자서 어쩜 그리 딸들을 잘 키우느냐며 칭찬을 아끼지 않았다.

속초에서 건어물상을 하고 있는 엄마는 장사를 할 때도 우등생 딸들 엄마로서 품위를 지키듯 항상 교양 있는 어투로 손님들을 대했다. 그리고 두 달에 한 번 쉬는 화요일엔 어김없이 건어물을 싸들고 자취집에 찾아왔다. 엄마는 만들어온 밑반찬을 냉장고에 넣어놓고 동생과 내가 집에 들어오면 늦은 점심을 먹고 다시 속초로 올라갔다.

엄마가 다녀가면 항상 건어물이 문제였다. 통풍도 잘 되지 않는 눅눅한 지하에서 오징어와 북어는 스스로의 존재를 알리듯 온 집안에 생선 냄새를 퍼뜨렸다. 여름철에는 더욱 심했다. 건어물은 제발 가져오지 말라고 했지만 허사였다. 엄마는 우리가 건어물을 많이 먹어서 공부를 잘하는 거라 확신하고 있었다. 방법은 버리거나 빨리 먹어치우는 것 밖에 없었다. 엄마는 그거 하나 팔면 이문이 얼마인데 하면서 꾸역꾸역 가져오는 것인데, 버리는 것도 못할 짓이었다. 결국, 동생과 나는 갖가지 말린 해산물과 북어 국을 불변의 반찬처럼 만들어 먹었고, 남은 것은 비닐봉지에 싸서 창틀에 묶어 놓았다.

동생을 미행하기로 했다. 새벽에 돌아온 동생과 심하게 다툰 후, 반항하는 동생에게 손찌검을 한 것이 마음에 걸렸다. 그렇다고 언니가 돼가지고 넋 놓고 있을 수도 없었고, 인내심도 한계에 다다른 상태였다. 엄마에게 처음부터 의논하지 않은 것을 후회했다. 이제서 알린다면 엄마는 지금이라도 당장 달려올 것이고, 나는 동생을 지키지 못한 무책임한 언니가 돼버릴 것이다. 엄마 앞이라고 모든 걸 털어놓을 동생도 아니다. 성과 없이 일만 복잡하게 만들 것 같아 입을 다물기로 했다. 동생을 다그치지도 않을 생각이다. 궁지에 몰리면 오히려 역효과가 날 수 있다는 생각이 들었다. 어떻게 해야 언니다운 행동인지 아무리 생각해도 떠오르지 않았다. 무엇보다 주변에 나서서 해결해줄만한 사람이 없다는 게 아쉬웠다.

아버지와 오빠는 속초 앞바다가 신발 한 짝 남겨두지 않고 삼켜버렸다. 오빠가 대입시험을 치른 날이었다. 밤낚시를 가려던 아버지는 친구를 만나러 나가겠다는 오빠를 붙잡아 바다로 데려갔다. 마치 묵혀두었던 회포라도 풀 것처럼 단호했다. 오빠는 아버지에게만은 이해하기 힘들 정도로 순종적인 아들이었다.

"나쁜 인간, 죽으려면 혼자 죽지. 왜 애는 데려가서 같이 죽낸 말이여! 내 아들 내놔라. 내 아들 내놔!"

엄마는 한 달 가까이 바닷가에 가서 통곡을 했다. 남편보다 아들을 잃은 상실감이 더 커보였다. 아버지에겐 거의 원망의 소리를 퍼부었고, 오빠에겐 미안하다는 말만 되풀이했다. 그리고 얼마동안 죽은 오빠의 옷가지에서뿐 아니라 숟가락 하나까지 오빠의 체취를 맡으려했다. 버릇도 생겼다. 술 한 잔도 입에 못 댔던 엄마는 장례를 치른 이후부터 밤마다 소주를 들고 나갔다. 그리고 새벽에 돌아왔다. 그때 나는 중학생이었고 동생은 초등학생이었다. 잠 못 이루는 건 우리도 마찬가지라는 걸 엄마는 모르는 것 같았다.

동생 미행에 필요한 것을 준비하는 동안, 예전에 엄마 뒤를 밟던 생각이 났다. 엄마마저 잃을 것 같은 불안감은 어린 동생의 손이라도 붙들고 가야만 했다. 동생을 억지로 깨워 끈적끈적한 콜타르 같은 밤길을 희미하게 보이는 엄마의 뒷모습을 놓치지 않으려 애쓰며 걸었다. 초겨울의 스산한 바람이 바닷바람과 맞물려 동생과 나의 긴 머리칼을 사정없이 흩어놓았지만 설령 그곳이 지옥이라도 따라가야만 했다.

엄마는 방파제에 앉아 막소주를 마시며 오빠 이름을 불렀다.

동생은 숨어서 보다 소리 내어 울어버렸고, 달려온 엄마는 우리를 안으며 꺼이꺼이 목 놓아 울었다. 큰 바닷새의 울음소리가 귓전에 오래도록 울렸다. 그 후로 엄마는 우리 앞에서 한 번도 눈물을 보이지 않았다. 늦은 밤 나가는 일도 없었다. 그 대신 나에겐 불면증과 손톱 뜯는 후유증이 남았다. 동생의 어둠속 방황도 그때 싹튼 걸까?

잘 들키지 않을 검은 옷과 검은 모자, 비상사태에 대비해 호루라기와 작은 손전등도 준비했다. 동생과 내 몸을 지킬 수 있는 무기도 필요했다. 칼이 꽂혀있는 싱크대 앞문을 열었다. 식칼을 집자 평상시와 달리 크게 보였다. 갑자기 이것으로 사람을 찌를 수도 있다고 생각하니 섬뜩했다. 과도로 바꿔들자 엉성한 강도가 된 기분이 들었다. 일단 칼은 있던 자리에 도로 꽂아 놨다.

설거지통에는 불어터진 라면이 담긴 냄비가 그릇들 위에 얹혀있었다. 밥을 짓고 반찬을 만드는 건 내 담당이었지만 설거지는 주로 동생이 했다. 어제 점심으로 라면을 두어 젓가락 먹다 엄마에게 걸려온 전화를 받았다. 나는 라면을 오물거리며 관절염이 심해져 이번 달엔 오지 못하겠다는 엄마의 전화를 건성건성 받고 끊었다. 다시 라면을 집으려는데 또다시 전화가 왔다. 경훈 선배였다. 젓가락을 내려놓고 황급히 입을 닦으며 전화를 받았다. 급한 약속이 생겼다는 것이었다. 나는 선배의 저녁 약속 취소 얘기를 듣고 입맛을 잃었다. 서글서글한 눈매가 선해 보여 좋

있는데, 그 눈으로 어느 누구에게나 서글서글하게 다가간다는 것이 요즘 들어 얄밉도록 싫었다.

붉은 기름이 뒤엉킨 불은 라면을 수채통에 붓자 순식간에 초파리 몇 마리가 정신없이 날아다녔다. 냄비를 수세미로 문지르며 다시 동생에게로 생각을 옮겼다. 하지만 그릇 가장자리에 말라붙은 밥풀처럼 경훈 선배 생각이 잘 떨어지지 않았다.

설거지를 끝내고 어둠속에서 일어날만한 갖가지 일을 생각하며 손톱을 물어뜯었다. 그리고 책상 앞에 놓여있는 카타 날로 큐티클을 계속 잘라냈다.

이상하다. 일주일 째 동생이 꼼짝하지 않는다. 내 계획을 눈치 챘을 리가 없는데 문제가 해결 된 걸까? 난 동생에게 아무것도 묻지 않았다. 그리고 얼마간 동생에 대한 걱정을 내려놓았다. 졸업을 앞둔 나에게 취업준비보다 시급한 문제는 없었다. 작년에 군대를 제대하고 복학한 경훈 선배의 공기업 특채 소식은 과에서 부러움을 사기에 충분했다. 선배는 성적도 좋았지만 면접 볼 때 외모도 한몫 했을 것이다.

"쳇! 잘 풀리는 사람은 뭐가 달라도 다르다니까. 문창과 나와서 공기업 홍보실에 뽑히기가 쉽겠어."

나는 얼마 전 그가 프러포즈 한 일과는 전혀 상관없다는 듯 시치미를 떼고 친구들 앞에서 말했다. 일 년 후배인 주희가 그에게 추파를 던지고 있다는 것을 알고 있던 터라 관계가 확실해질 때까지 떠들어대고 싶지 않았다.

경훈 선배의 갑작스런 프러포즈는 당황스러웠지만 별다르게 내세울 것 없는 내가 그를 밀어낼 이유는 없었다. 그래서 멍한 표정으로 그렇게 하죠, 하며 그의 교제를 수락했다. 사실 졸업 후에 취직도 못하고 우중충하게 집에 틀어박혀있으면 아무도 거들떠보지 않을 거라는 계산이 앞선 대답이었다. 경훈 선배가 구세주까지는 아니어도 부담 없는 상대는 분명했다. 그렇다고 열렬히 그에게 빠져들기는 싫었다.

동생은 요즘 영어 학원 가는 날을 제외하곤 하교 후 독서실에서 공부하다 새벽 한 시가 넘어 들어온다. 그렇다고 동생을 의심할만한 어떤 근거도 찾지 못했다. 독서실은 집에서 한정거장 거리에 떨어져있다. 몇 차례 간식을 사준다는 빌미로 찾아갔지만 내가 온 것도 모른 채 공부에 집중하고 있었다. 며칠 전까지 머리채를 쥐어뜯고 싶었던 심정은 온데간데없고, 예민한 시기에 별다른 불평 없이 상위권 성적을 유지하는 동생이 기특하게 보였다.

엄마는 통화 할 때마다 동생 잘 챙겨주라고 당부했다. 나에겐 그 말도 부담이었지만 가을 낙엽과 함께 동생의 사춘기 열병도 사그라진 것 같아 내심 안도했다. 나또한 경훈 선배와 불협화음 없이 진전돼가고 있어 싱겁기만 한 청춘에 간이 좀 밴 것 같았다.

"너는 여자 손톱이 그게 뭐니? 틈만 나면 물어뜯고."

"왜? 손톱이 못 생겨서 싫어?"

나는 항상 통통 튕기면서 선배에게 되물었다.

선배는 등 뒤에서 나를 안아 내 손톱을 계속 문질렀다.

"배고파. 날씨도 좋은데 나가자."

나는 속옷을 주섬주섬 끼워 입으며 침대에 엎어져 있는 선배의 엉덩이를 툭 쳤다.

선배는 모텔을 나와 스테이크 전문점으로 데려갔다. 뜨끈한 국물이 먹고 싶었지만 생선만 아니면 상관없었다. 밥 먹을 때도 선배는 내 손톱을 눈여겨봤다. 마치 엄마처럼. 언제부터 선배는 내 손톱에 관심이 쏠린 걸까, 하는 의구심이 들었다.

"이제부터 손톱 뜯지 마. 한 달 동안 안 뜯으면 다음 달에 월급 타서 명품 백 사줄게."

선배의 조건은 유치했지만 그것이 싫지만은 않아 고개를 끄덕여주었다. 선배가 의외로 여자 기분을 잘 맞추는 것 같아 자상하게 느껴졌다.

선배와 헤어지고 집으로 가는 길에 동생이 공부하고 있을 독서실에 들렀다. 하지만 아무리 둘러봐도 동생은 없었다. 전화를 걸었다. 예상했던 대로 휴대폰 전원이 꺼져있었다. 나는 멍하게 몇 분간 그대로 선 채 휴대폰만 만지작거렸다. 입으로 가려는 손을 의식적으로 휴대폰에 고정시키면서.

동생은 이 시간에 어디서 무얼 하고 있는 걸까? 나는 두 손을 주머니에 찔러 넣고 잰걸음으로 집으로 향했다. 늦은 시간이라 오가는 사람도 뜸했다. 동생이 매일 이렇게 인적이 드문 어두운 거리를 다닌다고 생각하니 불안한 마음이 앞섰다. 골목 어디선가 고양이 울음소리가 들렸다. 두리번거려봤지만 어디에서 나는지 알 수 없었다. 나는 뒤를 살피며 황급히 지하계단으로 내려갔다.

외출할 때 닫아놓은 안방창문을 환기시키려 열자, 고양이 울음소리가 아주 가깝게 들렸다. 창밖을 내다보자 고양이는 보이지 않았다. 사람들이 지나가며 방안을 들여다 볼까봐 마음 놓고 창문을 열어놓은 적이 없다. 밤에는 될 수 있는 대로 불을 켜지 않거나 커튼을 쳤다. 동생은 낮에도 커튼을 치라고 했지만 그나마 간신히 집안으로 들어오는 빛을 차단하기는 싫었다. 또다시 고양이 울음소리가 들렸다. 손전등을 꺼내 이곳저곳을 비춰보았다. 구석이었다. 담장 틈새 후미진 곳에 어미 고양이와 새끼 고양이들이 오밀조밀 붙어 있었다. 집주인은 담장과 건축물사이에 하수구만 남기고 사람이 지나다니지 못할 정도로 담장에 바짝 붙여 건물을 올렸다. 그 때문에 고양이가 이곳에 새끼를 낳을 수 있었던 것 같았다. 그런데 자세히 보니 고양이들이 붉은색 천을 깔고 있었다.

헉! 저건 내 실크블라우스.

며칠 전 아무리 찾아도 보이지 않던 것이다. 머리가 쭈뼛 섰다. 고양이가 집안으로 들어 왔을 리는 없고 옷걸이가 옆에 있는 걸로 보아 바람에 날려 떨어진 것 같았다. 생각해보니 선배에게 프러포즈를 받고 늦게까지 술을 마신 날, 냄새를 없애려고 옥상에 걸어놓고 내려온 일이 떠올랐다. 유일한 실크블라우스가 고양이 시트로 전락해버리다니, 어이가 없었다. 당장이라도 고양이들을 쫓아버리고 싶었다. 손전등에 어미 고양이 눈이 반사됐다. 어미 고양이의 눈초리는 야생의 강한 기운이 깃든 경계의 눈빛이었다.

창문으로 차가운 새벽바람이 얼굴에 부딪혔다. 뒤엉켜버린 실타래 같은 걱정거리가 어둠속에서 다시 기어나왔다. 어디선가 여자의 가는 신음소리가 들렸다. 위층사람들은 마음 놓고 창문을 열고 지낸다 생각하니 부러운 마음이 들었다. 그때 창틀에 묶어놓은 건어물 봉지가 바람에 날렸다. 알맹이는 없고 뜯겨진 비닐봉지가 검은 새처럼 날갯짓을 하고 있었다. 블라우스는 그렇다 치고 이건 고양이 짓이 확실했다. 누가 도둑고양이 아니랄까봐, 순간 화가 치밀었다.

아무리 기다려도 동생은 들어오지 않았다. 또다시 시작된 동생의 방황에 잠을 설치다가 딸그락거리는 소리에 눈을 떴다. 아침 일곱 시 십분. 어느새 햇살이 안방 깊숙이 들어와 있었다. 동생이 들어온 것 같아 벌떡 일어났다.

화장실에서 샤워하는 소리가 났다. 문을 살짝 열어 보았다. 동생은 내가 쳐다보는 것도 모른 채 열심히 때를 밀고 있었다. 그런데 동생의 피부가 유난히 붉어 보였다. 자세히 보니 동생이 들고 있는 것은 때타월이 아니라 수세미였다. 그걸 가지고 허물이 벗겨질 정도로 벅벅 문지르고 있었다. 쓰라린지 얼굴을 몇 번씩 찡그렸다. 당황스러워 말문이 막혔다. 나는 그 자리에 쪼그리고 앉아 손톱을 물어뜯었다. 동생에게 일어난 일이 상상되었다. 지켜주지 못한 무기력함에 또 한 번 좌절했다.

동생의 샤워는 한참을 이어졌다. 오줌 누는 소리도 들렸다.

"씨발, 쓰라려 죽겠네."

동생은 욕을 하며 오줌을 누다 나를 발견하고 소스라치게 놀랐다.

"뭐야! 지금 뭐하고 있어? 놀랐잖아!"

"차라리 같이 죽어버리자! 너나 나나 어차피 사람구실 못하고 살 바에야 일찌감치 사라져버리는 게 낫지 않겠니?"

내가 동생의 어깨를 흔들며 말하자 동생은 내 손을 치며 거세게 맞섰다.

"건들지 마! 언니가 뭔데 이래라 저래라 하는 거야?"

나는 동생의 뺨을 갈기고 동생이 노려보자 벌거벗은 몸을 사정없이 때렸다. 기운이 바닥날 때까지 한참을 때리고 나서야 정신이 돌아온 것 같았다. 동생은 여기저기 손자국이 벌겋게 찍힌 채 하얀 밤벌레 마냥 화장실 구석에 웅크리고 있었다.

"은희야, 언니가 미안하다……."

나는 왈칵 울음이 터져 버렸다. 엄마가 죽은 오빠에게 왜 그렇게 미안하다고 말했는지 얼핏 이해가 됐다. 동생은 수건으로 몸을 감싸더니 작은 방으로 휙 들어가 버렸다.

"은희야, 언니랑 얘기 좀 하자. 무슨 일 있지? 어디서 자고 왔는지 말하란 말야!"

나는 문을 두드리며 애원하듯 말했다.

"알 필요 없어! 때리니까 시원해? 차라리 죽여 버리지!"

"방학하면 엄마한테 가 있자."

"싫어. 거기가면 뭐가 달라지는데? 엄마나 언니나 나한테 뭐 해준 거 있다고 난리야!"

나는 더 이상 할 말을 잃었다.

밤마다 위층에서 고양이 소리 때문에 잠을 못자겠다고 불평하는 남자의 목소리가 들렸다. 나는 위층에 어떤 사람들이 살고 있는지 알지 못한다. 그들과 만날 일도 없었다. 매달 주인아줌마가 수도세와 공동청소비를 받기위해 내려왔는데 지금은 포스트잇에 금액을 써 붙여놓고 초인종도 누르지 않는다. 나 역시 삼층까지 올라가지 않고 인터넷뱅킹으로 돈을 넣어준다.

영어학원 가는 동생을 서둘러 미행했다. 동생은 뒤도 안돌아

보고 학원으로 향했고, 시간에 맞춰 도착했다. 교실로 들어가는 것도 확인했다. 다행이다 싶은 마음이 들었지만 긴장을 늦출 수는 없었다.

기다리는 시간이 무료할 즈음 휴대폰 진동이 울렸다. 경훈 선배였다. 동생의 미행을 여기서 끝낼 수는 없었다. 일단 선배를 학원 앞으로 불러냈다. 달려온 선배는 자초지종을 들어보더니 함께 있어주겠다고 했다. 우리는 학원 옆에 있는 편의점에서 캔 커피를 마시며 동생을 기다렸다. 동생은 수업이 끝나는 시간에 맞춰 학원을 나왔다. 선배와 나는 멀리서 동생을 주시하며 따라갔다. 동생은 집으로 향하고 있었다. 동생이 집 앞에 다다르자 뭔가를 놓친 듯 허탈했다. 선배는 다행이라며 은근슬쩍 내 허리를 감았다.

동생에게 미안했지만 새벽에 들어간 건 나였다. 현관문을 살짝 닫고 동생이 깰까봐 작은방 문을 조심스레 열어봤다. 동생이 보이지 않았다. 화장실과 안방을 둘러봐도 동생은 없었다. 들어왔다가 다시 나간 걸까. 동생 손바닥 안에서 놀아난 기분이 들었다.

아침에 동생은 씻고 있었다.

"언제 들어온 거야? 너 자꾸 왜 그러는 건데?"

"내가 언니한테 피해준 거 없는데, 뭔 상관이야!"

"말해! 말하란 말이야! 무슨 짓을 하고 다니는 거냐고?"

나는 소리를 지르며 동생을 다그쳤다. 아버지와 오빠처럼 동생을 어이없이 잃게 될까봐 두려웠다.

"한 번만 더 귀찮게 하면 집 나가버릴 거야."

동생은 이를 앙다물며 말했다.

다음 날도 동생을 미행했다. 고맙게도 동생은 꼼짝 않고 독서실에서 공부를 하고 있었다. 그리고 자정이 넘어 독서실을 나와 곧바로 집으로 향했다.

동생이 집으로 들어가는 것을 보고 나는 가게로 가서 아이스크림을 샀다. 하지만 문을 열고 동생을 불렀을 땐 아무 기척이 없었다. 귀신에 홀린 기분이었다. 동생의 신발도 없었다. 그새 어디로 사라진 건지, 미꾸라지처럼 빠져 나가는 동생에게 오기가 발동했다.

새벽 3시가 넘어 현관문 여는 소리가 들렸다. 동생이라는 걸 알지만 꾹 참았다. 잠시 후, 샤워하는 소리가 났다. 동생의 몸을 훔쳐볼 요량으로 화장실문을 살며시 열었다. 그때 동생의 눈과 마주쳤고, 동생의 몸 이곳저곳에서 피가 새어 나오고 있었다. 하얀 피부에 아주 은밀하게 피어오르는 붉은 꽃처럼 보였다. 동생의 손에는 철수세미가 들려져 있었다. 나는 얼른 철수세미를 빼앗았다.

"뭐하는 짓이얏! 죽고 싶어 환장했어?"

나는 소리를 꽥 질렀다.

"살고 싶어서 그래. 언제나 이 몸뚱이가 문제야."

동생은 한기가 도는지 입술이 새파래서 벌벌 떨었다. 나는 수건으로 동생의 몸을 감싸 안았다.

"무슨 일인지 말을 해. 제발."

"껍데기를 벗기고 싶어. 언니."

동생은 울면서 작은방으로 들어가 버렸다.

초초하고 불안했다. 불결한 관계를 맺고 있는 게 분명한데, 도대체 어쩌다 이 지경까지 몰린 것인지 쉽게 답을 찾을 수 없었다.

이불 속에서 손톱을 뜯으며 지난 날 내가 보아 온 동생의 모습을 찬찬히 떠올려 봤다. 잠도 많고 애교도 많았던 동생은 아버지와 오빠의 죽음 이후 확연히 달라졌다. 우선 말수가 줄었다. 엄마와 나는 각자의 상처를 싸매기에도 역부족이어서 동생까지 보듬어줄 여유가 없었다. 그전엔 갖고 싶은 것이 있으면 땅바닥에 주저앉아서라도 떼를 썼는데, 가족의 죽음을 경험한 이후엔 어떤 요구나 불만도 내색하지 않았다. 엄마와 나는 그런 동생이 철이 빨리 든 것이라 여기고 넘겨버렸다. 밤새 손톱을 뜯으며 뒤척이자 머리에 쥐가 났다.

동생은 아침에 아무 일 없다는 듯 기지개를 켜며 방에서 나왔다.

"너, 원조교제 하니? 어떤 남자야? 돈이 필요한 거야?"

나는 숨도 쉬지 않고 연거푸 물었다.

"웃기고 있네. 내가 좋아서 그래."

순간, 나는 빈정대며 말하는 동생의 따귀를 또다시 때리고 말았다.

밤이 되자 고양이들이 유난히 울어댔다. 고양이 울음소리는 잠잠해질만하면 들렸고, 위층 남자의 목소리는 화가 날 때로 나서 욕지거리를 내뱉었다.

"씨팔, 이놈의 동네엔 웬 도둑고양이들이 이리 많은 거야. 씨팔, 다 잡아다가 고양이탕을 끓여 버릴까보다."

살벌한 남자의 목소리는 고양이보다 나를 주눅 들게 만들었다.

동생은 독서실에 가지 않고 집에서 공부를 했다. 늦은 시간까지 작은 방에서 나오지 않던 동생은 과자를 사온다며 잠자리에서 입는 티셔츠와 짧은 반바지를 입고 밖으로 나갔다. 나는 그 말도 믿을 수가 없었다. 서둘러 캡 모자를 쓰고 뒤쫓았다. 이상했다. 일 분 차이로 따라나섰는데 동생이 보이지 않았다. 골목과 가게를 두리번거려도 동생은 없었다. 아무리 빠른 걸음이래도 그렇지, 이해가 되질 않았다. 나는 큰길까지 뛰어갔다가 땀이 범벅이 된 채로 집으로 돌아왔다.

동생은 휴대폰을 꺼놓고 밤늦도록 들어오지 않았고 고양이 울음소리만 계속 들렸다. 나는 동생을 야무지게 미행하지 않은 것을 자책하며 다시 큰길로 나갔다. 새벽 한시가 돼가자 지나다니는 사람도 뜸했다. 허탈한 마음으로 집으로 발길을 되돌렸다.

다가구 출입문에 들어서자 센서 등이 켜지고 지하로 서너 계단 내려가자 꺼졌다. 그때 위층에서 누군가 내려오고 센서 등이 다시 켜졌다. 뭔가 익숙한 형체가 느껴졌다. 고개를 돌리자 동생이었다.

"네가 왜 위에서 내려오는 기야?"

"으응? 옥상에다 빨래 좀 널고 오느라고."

"새벽에 무슨 빨래? 언제 들어온 건데? 난, 너 찾느라 큰길까지 갔는데."

"으음. 난, 저쪽으로 왔어."

동생은 큰길 반대방향을 가리키며 어색한 표정으로 말했다.

다음날 고양이들은 떠나고 없었다. 위층 남자의 말을 알아듣기라도 한 것처럼 감쪽같이 제 식구들을 데리고 사라진 것이다. 담장 귀퉁이엔 빛바랜 실크블라우스만이 고양이털과 오물이 묻은 채 부패된 짐승의 허물처럼 널브러져 있었다.

신경이 곤두선 상태로 인턴사원이나 아르바이트 모집 사이트를 뒤졌다. 젊다는 것이 이젠 정말 지긋지긋하다. 이처럼 덜컹거리는 철로를 빠져나오기 위해서는 하루빨리 폭삭 늙어버렸으면 하는 마음뿐이다. 변변한 자격증하나 없는 문창과 졸업생을 처음부터 반겨줄 기업체는 아무리 찾아봐도 없었다. 그렇다고 학습지 교사나 좁은 집에 조무래기 아이들을 불러놓고 글짓기를 가르치고 싶진 않았다. 전공과 무관하더라도 회사에 나가서 일다운 일을 하고 싶었다. 학과의 특성상 범위가 넓다보니 졸업한 선배들의 직업도 각양각색이었다. PD나 작가가 돼 있거나 외국의 지역전문가가 되기도 하고, 리서치 회사에서 기획을 담당하기도 했다. 물론 모두 잘나가는 선배들 얘기다.

내가 가진 능력이 뭘까 생각하자 헛웃음이 나왔다. 글을 쓰고 싶다는 생각을 몇 번했지만 일정한 수입도 없이 무한정 매달릴 수도 없는 노릇이었다. 손톱을 뜯다가 살점을 물었는지 손끝에서 피가 흘렀다.

경훈 선배에게 전화가 왔다. 한동안 뜸했던 선배의 전화는 무기력해있는 내 자신을 더욱 초라하게 만들었다. 자격지심에 반가운 목소리도 내기 싫었다.

"나와라. 신입사원 연수 끝나고 정신이 하나도 없었다. 다시 입대한 기분이더라니까."

"치. 전화도 사용 못하게 하는 회사도 있나?"

나는 선배가 앞에 있는 것처럼 뾰로통하게 입을 내밀고 말했다. 그리고 전화를 끊자마자 허겁지겁 옷을 갈아입었다.

선배는 얼마 전보다 훨씬 멋있어 보였다. 마치 출세한 사회인이 시골의 촌부를 만나러 온 것 같았다.

"취직하려고 노력은 하는 거야?"

선배의 목소리가 갑자기 싸늘하게 느껴졌다.

"그럼. 내가 놀고 있을까봐. 다음 주부터 보조 작가로 일하기로 했어."

나는 순간 자존심이 상해 엉뚱한 대답을 해버렸다. 내가 고향의 남자 친구를 기북스럽게 생각해서 떼어버린 것처럼 선배도 나를 깔보는 것 같았다.

"누구 보존데? 글을 쓰고 싶으면 네가 작가가 돼야지 무슨 보조야?"

"그러면서 배우는 거지. 유명한 작가니까 그런 줄 알고 있어. 난, 당분간 유령작가야."

"유령작가? 유령되지 말고 차라리 공무원 시험 준비라도 하지."

나는 선금도 받았다며 저녁 식사비도 내가 내겠다고 큰소리를 쳤다. 엄마가 어제 송금해준 생활비를 들고 나온 걸로 자존심을 회복하고 싶었다. 사실 계산대 앞에서 선배가 만류하지 않았다면 조금 아까웠을 것이다.

나는 티내지 않으려 의연한 척 했지만 자꾸만 얼굴이 달아올랐다. 대기업은커녕 모집구분에 전공불문이라고 쓰여 있는 중소기업에 수차례 떨어진 이후에는 모든 일에 자신감을 잃었다. 내가 그렇게 밉상인가 싶어 거울을 보다가 깨뜨리고 싶은 충동도 일었다.

이럴 때 선배는 나와 상관없는 이방인 같다. 신데렐라를 꿈꾸는 건 아니지만 내 위치가 저 정도의 평범한 남자에게조차 초라하게 보여 진다는 것이 알량한 자존심을 구겼다. 시간이 갈수록 내가 선배를 사랑하는지에 대한 확신도, 선배가 나를 진심으로 사랑하는지에 대한 확신도 모두 불투명했다.

그 무엇도 시간이 해결해 주지 못했다. 이제 와서 모든 것이 의심스러운 건 뭘까?

식사를 마친 후, 선배와 한강변을 걸었다. 건조하고 차가운 바람이 불었다. 밤이 깊어갈수록 습관처럼 동생이 걱정됐다. 선배는 동생을 함께 미행한 이후 한 번도 동생의 안부를 묻지 않았다.

선배와 헤어지고 곧바로 동생이 있는 학원으로 갔다. 출석을 확인하자 역시 한 번의 지각이나 결석 없이 완벽했다. 철저한 동생이 나를 미궁 속으로 집어넣어버린 것 같았다.

동생이 학원에서 나왔다. 나는 동생을 부르려다 멀찌감치 뒤쫓았다. 집 앞에 다다르자 반복되는 헛수고에 허탈했다.

"은희야아……."

다가구 출입문에서 동생이름을 부르려는데, 동생이 지하로 내려가지 않고 위층으로 올라가고 있었다. 이상했다. 얼른 출입문 기둥에 숨어서 곁눈으로 봤다.

동생은 태연히 바로 윗집 현관문을 열고 들어갔다. 심장이 두근댔다. 가까스로 마음을 진정시키고 머리를 굴렸다. 답이 안 나왔다. 위층 남자라면 결코 부드러운 인간이 아닌데, 그 집에 또래 친구가 있다는 얘기도 들은 적이 없다.

확인을 해야 했다. 시치미를 떼기 전에 현장을 덮칠까, 하는 생각도 들었지만 좀 더 현명한 방법을 찾고 싶었다. 발자국 소리를 죽이며 위층 계단을 오르락내리락 하며 애꿎은 손톱만 물어뜯었다. 밖으로 나와 위층을 올려다보자 창문이 열려져 있었다. 골목엔 지나가는 사람도 없었다. 나는 도둑고양이처럼 담장위로 올라갔다. 남자가 내려다 볼 것만 같아 긴장됐다.

식은땀에 싸한 바람이 스며들자 한기가 돌았다. 벽을 짚고 까치발을 들고 위층 창문을 조심스럽게 올려다봤다. 창문엔 엷은 커튼이 쳐 있고 미세한 불빛이 방을 비추고 있었다. 어디선가 여자의 여린 신음소리가 들렸다.

동생이 학원에서 끝나고 돌아오려면 최소한 두 시간 이상이 걸릴 것이다. 동생을 미행할 때 입던 검은 옷과 검은 모자를 썼다. 석유를 콜라 페트병에 붓고, 편의점에서 사온 일회용 라이터와 휴지뭉치도 주머니에 넣었다.

계단으로 올라가는 다리가 후들거린다. 위층 현관문이 거대한 지옥의 문처럼 보인다. 숨을 가다듬고 현관문 손잡이를 조금씩 돌렸다. 예상대로 문은 잠겨져 있지 않았다. 손에 땀이 찼다. 이젠 밀어야 한다. 남자가 현관에 정면으로 있을 것만 같다. 소리에 신경을 쓰면서 아주 천천히 밀었다. 다행히 부드럽게 문이 열렸다. 남자와 맞닥뜨리면 집을 잘못 찾은 것으로 말할 참이다. 집안엔 아무도 보이지 않았다. 체한 듯 신트림 나오려하자 꿀꺽 삼켜버렸다.

문을 조심스레 닫고 숨을 죽이며 주위를 둘러보았다. 구조는 우리 집과 같았다. 동생은 거리낌 없이 이 집을 수시로 들락거렸을 것이다. 안방에서 뉴스소리가 났다. 남자의 코고는 소리도 작게 들렸다. 이상한 건 안방입구에 휠체어가 놓여있다는 것이다. 안방을 들여다보고 싶었지만 거기까지는 자신이 없었다.

페트병을 열었다. 그리고 거실 바닥에 석유를 조심스럽게 부었다. 석유는 집안으로 뱀처럼 기어들어갔다. 빈 페트병을 겨드랑이에 끼우고 주머니에서 라이터와 휴지뭉치를 꺼냈다. 라이터를 켜려하자 마치 내 자신이 임무가 주입된 로봇처럼 느껴졌다. 라이터를 엄지손가락으로 힘 있게 눌렀다. 한 번에 켜지지 않았다. 철컥거리는 소리에 남자가 깰까, 식은땀이 등줄기를 타고 흘러내렸다.

세 번 만에 라이터가 켜졌고 휴지뭉치에 불을 붙였다. 불은 순식간에 확 타올랐다. 불덩어리를 보자 마치 눈먼 사람처럼 시야가 흐려지고 감각을 잃은 듯 휘청했다. 나는 불타는 휴지를 바닥에 던졌다. 그리고 바닥에 불이 붙었는지 확인도 않고 돌아섰다.

계단을 급히 내려와 집으로 들어갔다. 그 와중에도 발자국소리를 내지 않으려고 뒤꿈치를 들고 내려왔다는 사실에 스스로 놀랐다. 무서운 침착함이었다.

집안으로 들어오자 갑자기 시간이 멈춰버린 것 같다. 이불을 뒤집어썼다. 심장에 불이 붙은 것처럼 뜨거웠다. 방문을 잠그고 웅크려 앉았다. 시계소리가 유난히 크게 들렸다. 앉아 있을 수도 없었다. 조심스럽게 창문을 열었다. 위층 남자는 아직도 조용하다. 지금쯤이면 깼을 만도 한데…….

한참 뒤 위층 창문에서 연기가 새어나왔다. 사람들이 금방이라도 문을 두드리며 들이닥칠 것만 같았다. 두려움이 실핏줄 하나하나까지 엄습했다.

CCTV도 없고 소심한 내가 그랬으리라고는 아무도 생각하지 못할 것이다. 나는 벌써 이 상황을 모면할 계략을 꾸미고 있었다. 그래. 끝까지 침착해야만 한다. 생각을 정리하자 조금 진정이 됐다. 남자는 아직도 조용하다. 사람 살리라는 소리라도 들려야 하는 것 아닌가? 초초하다가 답답해졌다.

타는 냄새가 연기와 함께 안방으로 스멀스멀 들어왔다.

"픽!"

위층에서 무언가 떨어졌다.

"아악---"

남자가 안방 창문과 담장사이에 끼었다.

나는 괴성을 질렀고, 남자는 빠져 나오려고 발버둥을 쳤다.

"씨팔. 안 그래도 죽고 싶었는데, 누가 불을 어설프게 지른 거야?"

남자는 틈새에 끼어서 별일 아니란 목소리로 말했다.

사람들이 웅성거리며 모여 들었고, 나는 얼른 창문을 닫고 커튼을 쳤다.

경찰이 찾아왔다. 문을 열까말까, 한참을 현관문 앞에서 망설였다. 긴장한 모습이 비춰질까 걱정되었다. 경찰은 문을 계속 두드렸다. 할 수 없이 거울을 보고 금방 잠에서 깬 듯, 머리를 엉클고서 문을 열었다.

"위층에서 얼마 전에 불난 거 알고 계시죠?"

"네."

"그 집에 살던 장애인 남자분이 어젯밤 자살을 했습니다."

"네?"

난 불난 얘기보다 자살했단 얘기에 더 충격을 받았다.

"외국에서 박사학위까지 따고 한국에 왔는데, 뺑소니를 당해

하체마비 장애인이 됐답니다. 동생분이 그 사람이 다니던 재활센터에서 봉사활동 한 것 아시나요? 거기서 듣기론 꽤 친하게 지낸 것 같다던데……."

"봉사활동 하다보면 친할 수도 있죠. 그게 뭐 잘못 됐나요?"

"아니, 그게 아니라……. 그 사람 유서에서 동생이름이 나왔다는 거죠. 사랑하는 은희에게 미안해서 더 이상 살 수가 없다는 얘기였어요. 동생이 자주 들러 돌봐줬나 봐요? 재활센터에서도 동생이 오지 않는 날은 유난히 예민하고 신경질적이었다고 하더라고요."

"아니요. 아니, 네."

나는 뭐라고 대답해야 동생한테 피해가 가지 않을까 고민하다 갈팡질팡했다.

"아, 이상하게 생각하지 마십시오. 그 사람 어차피 성불구자인데 무슨 일 있었겠습니까? 사고 후 너무 괴팍해져서 가족들도 돌보지 못했다고 하더라고요. 정말 착한 동생을 두셨습니다."

"그 사람은 은희가 여기 사는 걸 알고 있었을까요?"

나는 거꾸로 경찰에게 되물었다.

"아다 뿐입니까. 동생 때문에 여기로 이사 와서 매일 동생 기다리는 낙으로 산 것 같던데. 동생 분은 언제 학교에서 오나요? 미성년자니까 간단한 신원확인만 하면 됩니다."

"글쎄요……."

"연락 주십시오."

경찰은 명함을 주고 돌아섰고, 나는 문을 잠그다 말고 주저앉아 꼼짝할 수 없었다.

경훈 선배의 위로가 필요했다. 요즘 부적 바쁘다는 말을 많이 하는 선배에게 전화를 걸었다. 고맙게도 선뜻 만나자고 하는 선배의 목소리는 잠시나마 무능력한 나를 잊게 만들었다. 서둘러 샤워를 하고 옷을 갈아입었다.

카페에 먼저 나와 기다리고 있는 경훈 선배는 여전히 멋있었지만, 이별통보는 유치하기 짝이 없었다. 잦은 지방출장으로 만나기 힘들 거라니, 웃음이 나올 뻔 했다. 손톱이 입으로 가려는 것을 의식적으로 참는데 갑자기 명품 백도 물 건너갔구나, 하는 생각이 들자 나도 모르게 웃음이 터져버렸다.

동네를 몇 바퀴 휘적휘적 걷다 편의점에서 소주를 사들고 집으로 들어갔다. 사람의 온기대신 눅눅한 어둠이 온몸을 휘감았다. 옷을 갈아입으려 안방으로 들어가 불을 켰다. 반쯤 열린 창문으로 새벽바람이 몰아쳤다. 위층에 불을 낸 후 한 번도 열지 않았던 창문이다. 동생이 열어놓은 걸까? 집안을 확인했지만 동생은 아직 들어오지 않았다.

옷을 벗고 화장실로 들어갔다. 동생이 쓰던 수세미로 온몸을 천천히 밀기 시작했다.

전갈자리

이번엔 여자가 세상을 버릴 차례다. 남겨둔 것이 없어 미련도 없다. 침착하고 치밀해야 한다. 하지만 유서 두 줄을 쓰고 볼펜이 말썽이다. 열아홉 살에도 사소한 일이 방해를 해서 지체된 시간이 자살의욕을 꺾었다. 볼펜심을 꺼내본다. 분명 검은 액체는 3분의 2이상이 남아있다. 유서는 깨끗하게 남겨야 한다는 작은 자존심 때문에 손바닥에 볼펜심을 굴려본다. 몇 번이고 확인하는데 멀쩡해 보이는 볼펜이 방해를 한다. 화가 치민다.

여자는 목욕을 하고 화장을 마친 후 속옷까지 갈아입은 상태다. 죽어있는 모습이 너무 추하게 보인다면 사람들이 아무렇게나 취급할 것 같았기 때문이다. 혹여, 죽음에 의심이 생겨 부검이라도 하게 되면 신비스럽지는 못할망정 적어도 지저분한 여자로 남고 싶지는 않았다. 그래서 무슨 의식이라도 치르듯 조심스러운 것이다.

"제길, 가는 길은 좀 순조로워야 하는 거 아냐?"

이번엔 종이에 동그란 원을 그려보다 손에 힘을 주어 벅벅 긁어 댄다. 세상이 떠나려는 순간까지 초라하게 하다니 어이가 없다. 가방을 뒤지고 여관방 화장대서랍을 뒤져도 다른 펜은 없다.

멍하게 고정된 채로 몇 분이 흘렀을까, 작은 움직임도 귀찮다. 눈물로 흥건하게 젖어있던 방바닥은 이미 말랐고, 눈물과 콧물로 범벅이던 얼굴은 건조해졌다. 여자는 유서를 집어 든다. 맘에 들지 않은 글씨체는 두 줄도 채우지 못했다. 눈물이 말라 올록볼록해진 종이가 대신 울어주고 있는 것처럼 보인다.

남편은 잘 나가는 대기업 대리였다. 퇴근 후엔 술과 주식에 매달렸다. 또 세상의 모든 여자들을 좋아했다. 술집에서는 팁을 많이 주는 기분파 손님이란 것도 여자는 결혼 전부터 알고 있다. 남편이 회사에서 명퇴 자리의 선두주자가 된 건 어려운 경영 탓도 아니고 대통령을 잘못 뽑은 탓도 아니다. 결혼 3년 만에 여자도 모르게 대출을 받아 주식에 올인 한 것이 휴지조각이 돼버렸기 때문이다. 그래서 연체된 대출금과 이자 때문에 신용불량자가 되었고 월급은 압류되었다. 남편은 실수하거나 잘못을 해도 뉘우치거나 미안해하지 않는 용감함과 씩씩함을 겸비했다. 여자는 그런 남편을 원망하거나 잔소리 한번 퍼붓지 않았다. 그나마 사채까지 손대지 않은 걸 하늘에 감사할 뿐이다.

여자는 억세게 운 없는 남편을 위해 대신 일하기로 결심했다.

"야, 괜히 휘젓고 돌아다닐 생각 말고 집에 있어. 안 굶길 테니."

남편은 미안하면 목소리가 더 커진다. 여자는 남편이 흔쾌히 승낙할 수 있는 일이 뭐가 있을까 고민했다. 남들처럼 이력서에 학벌이니 자격증이니 하는 것을 적어 낼만한 처지도 못됐다. 그렇다고 식당에서 허드렛일을 하기는 죽기보다 싫었다. 여자에게 있어 외적인 초라함은 빠져나올 수 없는 깊은 수렁처럼 보였다.

여자는 대야에 따뜻한 물을 받아 남편의 발을 씻겨 주었다. 예민해진 남편이 편하게 잠들기를 바랐다. 남편의 발은 처녀속살처럼 하얗고 발가락도 가지런하다. 남자치곤 발바닥에 굳은살도 박이지 않았다. 고생이라고는 전혀 모르고 살아온 지난날을 깨끗한 발이 알려 주는 것 같다.

며칠 전부터 여자의 머리카락이 털갈이하는 동물처럼 빠진다. 여자는 지금 남편이 애용하던 대리기사 노릇을 하고 있다. 시내 도로를 외우는 일이 쉬운 일은 아니었지만 남편을 먹여 살리는 것 같아 어깨가 으쓱했다. 밤에 손님을 태우고 운전하는 것도 나쁘지 않았다. 낯선 남자와의 잠자리처럼 손님이 원하는 대로 부드럽게 도착지까지 데려다 주는 것 자체가 기분전환이 됐다. 하지만 시간이 흐를수록 결혼 전 받았던 화대와 비교가 되고 푼돈으로 하루하루를 살아가는 자신이 날품팔이처럼 느껴졌다.

여자는 남편이 예전처럼 당당한 모습으로 깨끗한 와이셔츠를 입고 출근하는 모습이 보고 싶어졌다. 억세게 운 없는 여자를 만나 잘 풀렸던 남편의 인생마저 늪으로 빠져든 게 아닐까 자책도 했다. 여자는 고아로 살아가면서 힘든 일을 한두 번 겪은 게 아니었다. 그럴 때마다 왼쪽 가슴 밑이 유난히 쑤셨다. 가끔은 쥐어뜯는 아픔에 그 부분을 도려내고도 싶었다. 병원에서도 특별한 이상을 발견하지 못했다. 단지 가슴 밑에 좁쌀 같은 점 다섯 개가 S자 모양으로 박혀있을 뿐.

새벽이 되서야 일을 마치고 집에 돌아온 여자는 어질러진 집 안을 대충 치우고 남편 옆으로 간다. 남편은 낮엔 주식 시황을 본 후, 새벽까지 게임을 하고 곤히 잠들어 있을 때가 대부분이다. 여자가 서둘러 샤워를 하고 최선을 다해 그에게 봉사하는 것도 아내가 있음을 인식시켜 주기 위함이다. 남편은 손님이 화대를 주듯 결혼한 이후에도 가끔 예전처럼 팁을 주려고 한다. 여자는 그런 남편을 이해 못할 것은 없지만 그럴 때마다 남편을 닮은 아기가 있었으면 좋겠다는 생각을 했다. 남편을 아빠로 만들면 붙박이장처럼 여자의 곁을 떠나지 않을 것 같아서다. 하지만 여자는 다른 여자들보다 가볍다. 오래전 자궁을 들어냈기 때문이다.

결혼 전 여자는 자신의 얼굴과 균형 잡힌 몸매를 세상을 지탱할 수 있는 힘으로 여겼다. 그래서 업소에서 돈을 벌면 치장하는 데 다 소비했다. 그때 처음 만난 남편은 실연의 상처로 힘들어 했다. 여자는 그저 편하게 놀아줬을 뿐인데 남편은 하루도 거르지 않고 찾아왔고, 여자는 평범한 샐러리맨의 아내가 됐다. 결혼은 여자에게 있어 인생역전과 같았다. 손님 중에는 농담으로 같이 살자는 사람은 종종 있었지만 정식으로 프러포즈를 한 사람은 남편이 처음이자 마지막이었다.

"넌, 오늘부터 내가 하자는 대로 하면 돼."

결혼 전 남편의 말은 확고했다.

"그 말은 내 모든 걸 책임지겠다는 건가요?"

여자는 자신의 과거까지 모두 보듬어줄 남자라 믿었다. 새로운 환경에 새 인생을 만들어줄 거라는 확신도 있었다. 기대에 부응이라도 하듯 남편은 부모님에게 여자를 데려갈 때도 여자의 취향은 무시한 채 머리부터 발끝까지 다른 사람을 만들어 놓았다. 여자보다 다섯 살 많은 서른두 살 남편은 여자에 대한 모든 변명거리도 알아서 대변해 주었다. 여자에게 가족이 생긴다는 것은 이제껏 경험해 보지 못한 흥분되는 일이었다. 남편을 선택한 일은 돈을 모아 쌍꺼풀 수술과 콧대를 높인 일만큼 잘한 것 같았다. 여자는 남자들을 많이 상대했기 때문에 남자의 마음을 잘 읽을 줄 아는 것을 유일한 특기라 생각했다.

여자가 어린 시절을 보낸 곳은 서산의 천사원이다. 가정집이라는 곳에서는 살아본 적이 없다. 본적은 대전 모 빌딩의 쓰레기통. 발견 장소 혹은, 목격 장소라고 하는 게 맞을 것이다. 저주받은 모체에서 2.5키로의 작은 생명체가 빠져 나오고 세상에 나온 즉시 분비물처럼 화장실 쓰레기통에 버려졌다. 성경책에 나오는 성자보다 한 단계 아래에서 시작한 셈이다. 세상에 내보낸 어미라는 여자의 생각이 조금만 깊었더라면 소 여물통에라도 넣고 떠났을 것이다. 그렇다면 여자는 성녀 비슷한 순결한 수녀로 살았을지도 모른다. 세상의 통로가 된 쓰레기통 속에서 운 좋게 다음날 아침까지 살아 청소부에게 발견되었다. 초가을 늦더위가 남아있던 날씨 덕분에 모진 생명을 연장할 수 있었던 것이다.

고아원에서는 생일파티를 한 달에 한 번, 몰아서 했다. 그래서 태어난 달이 10월이라는 것을 확실히 알았고 며칠보다 몇 월이냐는 것을 중요하게 여겼다. 그 당시 친구들 사이에 유행했던 별자리 맞추기로 태어난 달이 전갈자리라는 것도 알았다. 가슴 밑에 박힌 S자 모양의 점도 전갈자리에 태어난 증표 같았다. 하지만 그것은 주홍 글씨처럼 어른이 된 후에도 더러운 출생지를 잊을 수 없게 만들었다.

여자는 요즘도 가끔 악몽을 꾼다. 고약한 냄새가 나는 어둡고 축축한 곳에서 이제 막 태어난 아기의 모습이다. 소리를 질러 알리고 싶어도 목소리는 나오지 않고 허우적거리다 깨곤 한다. 악몽뿐 아니다. 피부병도 있었다. 지저분한 곳에서 태어난 값을 톡톡히 치르기라도 하듯 피부병은 쉽게 낫지 않았다. 그것이 다른 아기들처럼 쉽사리 입양되지 않은 가장 큰 이유였다. 고아원에서는 정기적으로 병원에 데려갔다. 통통하게 살이 찐 보모는 여자의 비쩍 마른 손을 잡지 않고 항상 옷소매 끝을 붙들고 갔다. 피부과 의사는 치료가 하루 이틀에 끝날 일이 아니라며 꾸준한 식이요법을 권장했다.

"애가 여러 가지로 사람 귀찮게 하네. 화장실 쓰레기통에서 주워 와서 그런 건가?"

보모는 콧잔등을 잔뜩 찡그리며 말했다. 일곱 살 아이가 뭘 알겠느냐는 듯 내뱉은 말은 여자의 귀에 박혀버렸다. 그래서 그 뒤부터는 화장실만 들어가면 쓰레기통 속을 들여다보는 버릇이 생겼다. 여자는 온몸을 피가 나올 정도로 긁어댔다. 그 때문인지 더럽고 산만한 아이라고 선생님과 친구들마저 외면했다.

그렇게 시간이 흘러 초경이 시작된 여자는 가끔씩 보모들과 함께 아기들을 돌봐 주었다.

"이 아기는 어디서 데려왔어요? 나처럼 엄마가 버렸나요?"

여자는 호기심 어린 눈으로 질문했다.

"음……. 다리 밑에서 주워왔어. 아기엄마가 어려서 키울 수 없었나봐."

"어디에 있는 다린데요? 쓰레기통에서 주워온 애는 없어요?"

보모들은 낄낄거리며 웃었다.

얼마 지나지 않아 돌봐줬던 아기들은 한명씩 국내에 입양되기도 하고, 미국이나 캐나다로 입양되기도 했다. 그럴 때면 여자는 아무도 거들떠보지도 않았던 자신과 비교가 됐고 입양은 운명을 바꿔주는 제비뽑기처럼 생각되었다.

사춘기가 되면서 여자의 몸은 미운 오리가 백조로 탈바꿈하듯 놀라울 정도로 깨끗해졌다. 고아원 아이들과 선생님은 변해 가는 여자의 모습을 매일 감탄하며 바라봤다. 하지만 한 가닥 위로가 되었던 외모가 화근이 될 줄은 몰랐다. 중학교를 올라가면서 천사의 집에서 서울의 은혜의 집으로 옮겨졌다. 낯선 환경으로 며칠 동안 힘들었는데 원장은 유독 여자에게만 다정하게 대해줬다. 그리고 밤마다 불러내 위로의 대가를 몸을 만지는 것으로 대신했다. 다행히 원장 부인에게 발각되어 불안한 밤일은 그리 오래가지는 못했지만 또다시 다른 고아원으로 가야만했다.

여자는 고등학교 2학년을 중퇴로 학교와 고아원생활을 마감하고 레스토랑과 편의점에서 아르바이트를 하며 지냈다. 몇 달후 주민증이 나오자 물 흐르듯 〈라비앙느〉라는 유흥업소로 흘러갔다. 고아원에서는 비행기 값만 모으면 무조건 미국이나 유럽으로 떠날 생각을 했는데, 막상 어른이 되고나니 막막했다. 업소에서는 '카라'로 통했다. 그 꽃을 애칭으로 불리고 싶었던 이유는 스무 살의 첫 남자 Y가 건네준 꽃이기 때문이다. 그 전엔 그런 꽃이 있는 지도 몰랐다. Y는 투명비닐에 연두 빛이 감도는 하얀 꽃을 머리핀과 함께 선물했다. 남자에게 처음 받는 선물이었다.

Y와는 극장에서 처음 만났다. 일하던 업소에 적응이 잘 안 돼서 늦은 사춘기처럼 방황하던 시기였다. 무료함을 달래려 극장을 찾았다. 좌석을 확인하는데 앞자리에 혼자 앉은 남자의 머리에 제법 큰 거미가 기어오르고 있었다. 흠칫 놀란 여자는 잠시 미뭇거렸다.

"저기요. 머리에 거미가 있어요."

여자는 남자에게 아주 작은 목소리로 말했다.

"뭐라고요? 개미가 있다고요?"

"아니요. 머리에 거미가 기어간다고요."

당황한 남자가 머리를 털자 거미는 어느새 여자의 옷에 붙어버렸다. 여자는 비명을 지르며 들고 있던 음료수를 의자에 쏟고 한바탕 소동을 일으켰다.

그때부터 여자는 Y와 2년 가까이 교제했다. 직업을 숨기는 일에는 순발력 있게 거짓말이 술술 나왔다. 하지만 가끔 들통이 날까 긴장됐고 그럴 때면 가슴 밑이 쑤셨다. 몸에 붙은 전갈자리도 갈수록 선명해졌다. 여자는 Y에게 말한 몇 가지 거짓말은 항상 기억해야했다. 그것은 자신이 나비가 아닌 나방 같은 존재라는 것을 더욱 실감나게 했다.

대학 졸업반인 Y는 취직이 되면 결혼하자고 했고 여자는 결혼까지 생각하는 Y가 부담스러웠다. 상견례 할 부모도 일가친척도 없는 여자를 남자 부모님이 찬성 할 리 없었다. 그래서 Y에게만은 순결한 카라처럼 남기로 했다.

갑작스런 여자의 이별통보에 Y는 핏기 없는 얼굴로 간신히 울음을 삼키며 매달렸다. 여자 역시 그에 못지않은 아픔을 끌어안았지만 일주일쯤 지나자 오히려 홀가분한 마음이 들었다. 그것은 거짓으로부터의 해방이었다. 그 이후에 여자는 오히려 업소 일을 즐기게 되었다. 낮에는 치장하는 일로 시간을 보내고 밤에는 매일 새로운 남자를 만나 질릴 줄을 몰랐다. 단골손님도 많이 생겼다. 문득 사는 일이 허무할 때는 적성에 맞는 일을 하는 거라며 스스로를 위로했다.

지금 하는 대리운전도 천직인 것 같다. 하는 일이 낯설지 않는건 매일 새로운 손님을 대하고 단골도 생겼기 때문이다.

여자는 같은 아파트 여자들과 사귀지 않는다. 처음엔 신혼살림이라 모르는 것이 많아 친하게 지내고 싶었다. 하지만 뒤에서 수군대는 동네 아줌마들 얘기를 듣고 포기했다.

"저 여자하고 엘리베이터를 같이 타면 향수 냄새가 지독해서 코를 막아야 한다니까."

"그러게 말이야. 향수로 목욕을 하는지 원."

임산부처럼 배나온 아줌마가 먼저 말을 꺼내자 비쩍 마른 여자가 거들었다.

여자는 뒤돌아 눈을 흘겨 주었지만 상대가 안 될 것 같아 시샘하는 거라 생각하고 넘겨 버렸다. 여자와 친분이 있는 사람 중에 평범한 가정을 꾸리고 사는 사람은 한명도 없다. 고아원 단짝이었던 친구는 고등학교를 졸업하고 중소기업 경리로 취직을 했다며 저녁을 샀었다. 하지만 밤낮이 뒤바뀐 일을 하는 여자와는 점점 멀어져갔고 지금은 연락처도 바꾸어 알 수 없게 돼비렸다. 속마음을 터놓고 지냈던 업소에서 만난 언니도 먼저 결혼했지만 결혼식장에서 본 이후 소식을 끊었다.

새벽 12시 15분. 호텔 나이트클럽에서 손님이 기다린다는 전화가 왔다. 여자는 손님을 도착지에 내려놓고 다시 나이트클럽으로 갔다. 오늘은 잠시 운동 삼아 춤을 추고 싶었다. 클럽에 들어서자 젊은 청춘남녀들이 현란한 불빛에 몸을 맡기고 있었다. 여자는 웨이터가 안내한 테이블로 따라가서 다리를 꼬고 앉았다. 혼자 있으니 이런 곳에 처음 온 것처럼 낯설었다. 여자는 어색함을 몰아내듯 스테이지에 나가 몸에 익은 춤을 췄다. 분명 남자들이 몰려 들 것이라는 믿음을 갖고서. 하지만 술 취한 남자가 앞에서 어슬렁거릴 뿐 어떤 남자도 관심을 보이지 않았다. 여자는 뭔가 미심쩍은 표정으로 화장실로 갔다. 뭐가 잘못된 것일까?

화장실 거울에 비친 여자의 모습은 긴 갈색머리를 틀어 핀으로 고정시켜 놨고 맨얼굴에 칙칙한 피부는 광대뼈가 도드라져 보였다. 옷차림 또한 동네 슈퍼 갈 때 걸치는 밤색점퍼와 청바지를 입고 운전하기 편한 운동화를 신고 있었다.

이러려고 온 건 아닌데……. 여자는 서서히 변해가는 자신이 싫었다.

클럽을 나와 택시가 즐비하게 서 있는 곳으로 갔다. 불황이 없는 유흥가는 언제나 택시집합소 같다. 여자는 새벽공기가 쌀쌀해 점퍼주머니에 손을 찔러 넣었다. 옆에서 중년의 남녀가 부둥켜안고 있는 것이 눈에 들어왔지만 흔한 광경이라 외면했다. 그런데 갑자기 격렬한 키스를 하는 바람에 그들을 다시 처다봤다. 틀림없는 아래층 여자였다. 하마 같은 아줌마와 함께 뒤에서 구시렁대던 비쩍 마른 그 여자. 엘리베이터에서 그 집 식구를 몇 차례 보아서 남편과 중학생쯤 돼 보이는 아들 둘이 있다는 것도 여자는 알고 있었다. 남의 가정 일에 별 관심은 없었지만 갑자기 장난기가 발동했다. 여자는 일부러 두 사람 옆으로 바짝 다가가서 뚫어지게 처다봤다. 하지만 두 사람은 몸을 못 가눌 정도로 취해서 아랑곳하지 않았다.

화요일은 재활용수거하는 날이다. 여자는 아래층 여자를 엘리베이터에서 안에서 만났다. 아래층 여자는 신문지 다발을 들고 화장기 없는 얼굴로 색이 바랜 회색원피스에 줄무늬 슬리퍼를 끌고 나왔다.

"키스가 정열적이던데요. 연애는 조심해서 하셔야지."

여자의 가시 돋친 말에 아래층 여자는 다시 올라갔는지 1층에서 내리지 않았다.

대리운전을 한지 다섯 달이 넘었다. 남편은 아직도 백수다. 대리운전 사무실에서 소형차를 가지고 부부가 함께 일하는 게 훨씬 능률적이라고 말해줬다. 하긴 혼자 벌어오는 돈만으로 생활하기엔 턱없이 부족했다. 남편에게 의향을 물었지만 남편은 누렇게 뜬 얼굴로 반응이 없다. 점점 무기력해지는 남편은 일할 의욕도 없어 보였다. 여자는 결혼 후 행복했던 기억이 오래된 칠판의 분필자국처럼 부옇게 지워져 갔다.

언제부턴지 남편이 주식이나 게임보다 동영상속 여자들을 탐닉하는 것으로 취미를 바꾼 것 같다. 여자가 새벽에 들어오자 남편은 컴퓨터 앞에서 성기를 주무르고 있었고 모니터 속 여자는 커다란 가슴을 내밀고 신음소리를 내고 있었다. 남편은 여자가 뒤에 서 있는지도 몰랐다. 단지 동영상속 여자와 교감하며 극에 달한 오르가즘을 마저 느꼈다. 여자는 몸속의 모든 털들이 꼿꼿이 서는 느낌이 들었다.

가정은 생각보다 시시한 공간이었다. 가족의 전부라고 여겼던 남편이 컴퓨터 앞에서 자신의 성기를 드러내놓고 있는 모습은 커다란 짐승의 그것처럼 혐오스러워 보였다. 남편도 별 수 없는 수컷이었다.

다음날 여자는 정성들여 화장을 하고 여우 털이 붙은 청색 가죽재킷과 미니스커트를 입었다. 옷에 어울리는 높은 굽의 구두도 신었다.

일식집에서 대리운전을 부른 손님 차는 고급외제차였다. 차 주인 역시 부유한 티가 나는 30대 초반 남자였다. 남자는 여자를 보고 대리운전 하는 사람의 외모치곤 의아한 듯 잠시 머뭇거리다 차에 올랐다. 여자는 부드러운 승차감에 한껏 기분이 들떴다.

"이런 일 하실 분으로 보이지 않는데요."

남자가 먼저 말을 꺼냈다.

"이런 일 할 사람은 따로 정해져 있나요. 다 먹고살려고 하는 거죠."

여자는 제법 단호하게 대꾸했다.

남자는 친절하게 차의 이것저것을 설명했지만 여자는 갑자기 동영상을 보며 자위하던 남편의 모습이 떠올라 남자의 목소리가 차의 소음처럼 들렸다.

"말상대가 필요하시면 저랑 데이트할래요?"

여자는 홧김에 서방질이라도 하고 싶었다. 남자는 진지한 표정으로 잠시 동안 말이 없더니 조심스런 어투로 가끔 간다는 바를 알려줬다. 여자는 꾸미고 나온 것을 다행이라 생각하며 역시 남자들은 외모에 집착하는 동물이라는 것을 다시 확인했다.

바에 도착하자 여자의 몸에 밴 옛날의 직업정신이 스물스물 기어 나왔다. 여자가 유머러스한 얘기를 직접 겪은 것처럼 실감나게 하자 남자는 여자에게 빠져들었다. 여자 역시 마찬가지였다. 남자가 미소를 머금고 말할 때마다 보이는 고른 치아는 여자의 속마음까지 끌어당겼다.

남자가 여자에게 명함을 주며 연락처를 물었다. 여자는 말 잘 듣는 아이처럼 친절히 번호를 알려주고 풀어놓았던 푸른색 목도리를 맸다. 남자는 아쉬움 가득한 얼굴로 바텐더에게 대리기사를 부르라고 지시하고 여자를 집까지 데려다 주겠다고했다. 여자는 남자의 호의를 거절할 필요는 없었지만 왠지 모를 부담감에 허겁지겁 바를 나갔다. 새벽바람은 차갑고 차들도 뜸했다. 큰길로 나가려는데 어느새 남자가 여자의 팔을 낚아챘다.

"모셔다 드릴게요. 짧은 시간이었지만 맘이 통하는 사람을 만나서 너무 좋았습니다."

여자는 어색한 미소로 답을 해주었고 두 사람은 다른 대리기사가 오기까지 뒷좌석에서 부부나 연인의 모습처럼 앉아 있었다. 잠시 후, 투박하게 생긴 대리기사가 다가왔다. 허름한 잠바차림에 덥수룩한 머리모양은 옆에 앉은 깔끔한 남자와 더욱 비교가 됐다. 남자는 여자의 집을 경유해 강남으로 가 줄 것을 대리기사에게 부탁했다.

차는 한밤이라 막힘없이 달렸다. 남자는 여자가 내리기 전까지 무언가 아쉬운 듯 자신에 대한 얘기를 이어갔다. 아버지의 사업을 물려받기 위해 몇 달 전부터 경영수업을 받고 있고 부모님이 정해준 약혼녀가 있다는 얘기도 했다. 여자는 순간 짝사랑하는 남자에게 애인이 있다는 사실을 들은 것처럼 묘한 질투심이 생겼다. 남자는 여자가 사는 아파트 입구에 같이 내려 정중하게 인사를 하고 사라졌다.

엘리베이터 안에서 명함을 꺼내든 여자는 한참동안 명함에서 눈을 떼지 못하고 중얼거렸다.

"M주식회사 전무 김동수. 중소기업 아들쯤 되나보지."

여자는 집에 들어서자마자 가방을 소파에 휙 던졌다. 오늘따라 흐트러진 집안 꼴이 보기 싫었다. 컴퓨터 앞에 있는 남편의 뒤통수와 파자마 차림은 혐오스럽기까지 했다. 변한 것은 없는데 뭔가 달라진 기분이었다. 옷을 갈아입다 명함을 다시 꺼내 물끄러미 바라보다 주머니에 구겨 넣었다.

다음날 여자는 늦은 시간까지 일어나기 싫었다. 침대에 몸을 치대면서 샛눈을 뜨고 시계만 멀뚱멀뚱 쳐다봤다. 가을 햇살이 안방 깊숙이 들어왔다. 남편은 여자보다 더 늦게 잠들었는지 얕은 코를 골며 옆에서 자고 있었다. 여자는 아쉬운 잠을 뒤로하고 라면을 끓이려 부엌으로 갔다.

가스레인지에 물을 올리려는데 가방에서 휴대폰 벨소리가 났다. 처음 보는 번호였다. 벌써 대리 운전을 부를 리는 없고, 잠시 주춤하는 동안 전화가 끊겼다. 여자는 얼른 주머니에 구겨 넣은 명함을 찾아 번호를 맞춰봤다. 그 남자, 김동수였다. 갑자기 머릿속이 복잡해졌다. 식탁에 앉아 생각을 정리하는 동안 라면 물이 다 졸아버렸다. 또다시 휴대폰 벨소리가 났다. 여자가 받자 남자는 잘 들어갔냐는 물음과 내일 점심을 함께 하자고 했다. 여자는 어설프지만 조용한 목소리로 그의 말을 받아들였다.

두 번째 만남에서도 그에게 호감이 갔다. 그는 여자를 태우고 시내를 벗어나 외각으로 빠져나갔다. 여자는 긴장은 됐지만 설명할 수 없는 묘한 흥분에 빠져들었다. 차창밖에 길게 늘어선 가로수 사이로 남편 얼굴이 떠올랐다. 남편은 처음부터 여자의 밑바닥부터 알고 사귀었고 결혼까지 했다. 업소에서 처음 만난 남편에게는 연애할 때도 자질구레한 과거와 힘든 형편을 설명할 필요가 없었다. 그래서 아무런 고민 없이 결혼 할 수 있었던 것이다. 여자의 인생에서 남편처럼 편안한 사람은 두 번 다시 만나기 어려울 것이란 확신도 있었다. 하지만 지금 눈앞에 있는 남자의 부드러운 말투와 해맑은 미소는 이전에 만났던 많은 남자들과는 전혀 다른 느낌으로 다가왔다. 심지어 남편까지도 근접할 수 없는.

하루가 지나 또다시 남자에게서 연락이 왔다. 여자는 새벽까지 대리 운전을 하고 온 터라 몸이 침대에 들러붙은 것 같았다.

하지만 운전을 할 때도 그가 떠올라 길을 찾아 헤매거나 동네를 두 바퀴씩 돌았다. 마음속에 아직까지 죄책감은 들지 않았다.

그와 만나 저녁식사를 했다. 외모에 신경 쓰느라 점심을 걸러서인지 배가 부르자 몸이 노곤해졌다. 집에 바래다준다던 남자는 갑자기 차를 멈추고 여자에게 키스를 했다. 남자와의 첫 키스는 뼛속까지 나른하게 만들었다.

두 사람의 동행은 모텔로 이어졌다. 모텔에 도착한 남자는 먼저 방 상태를 확인하고 여자를 이끌었다. 여자는 남자를 처음 받아들이는 숫처녀처럼 어색해했다. 남자가 샤워를 하고 나왔다. 그때 침대에 걸터 앉아있던 여자는 남자의 허벅지에 붙은 벌레를 보고 소스라치게 놀랐다. 거미였다. 선명하게 타투 되어있는 거미는 남자의 몸에서 서서히 여자의 몸을 타고 올라왔다. 그가 여자 몸을 다루는 솜씨는 흙으로 인간의 몸을 빚은 절대자의 손처럼 섬세했다. 남자는 거미줄에 걸린 나비처럼 퍼덕이는 여자의 진액을 모조리 빨아 먹고 퍼석퍼석한 껍데기만 남겨 놓았다. 여자는 거미 타투를 보자 첫사랑 Y가 떠올랐고 어느 순간 깊은 잠에 빠져들었다.

꿈속의 여자는 또다시 쓰레기통에 버려진 아기의 모습이었다. 아기의 가슴 밑에서 검은 전갈이 솟아올랐다. 전갈은 서서히 쓰레기통을 빠져나와 꼬리를 치켜 올리고 남자의 허벅지에 붙은 거미에게 다가갔다. 거미는 점점 커지더니 전갈을 삼켜버릴 것처럼 입을 벌렸다. 순간 여자는 잠에서 깼다. 남자는 옆에서 자고 있었다. 밖은 아직 푸른빛을 벗어나지 못한 새벽이었다. 여자는 이상한 기분을 떨쳐버릴 수가 없어 곧바로 모텔에서 나와 버렸다.

남편은 평상시와 다르지 않았다. 여자는 집에 있는 남편이 낯설게 느껴졌다.

다음날도 김동수를 만났다. 유치한 첫 연애처럼 여자는 그를 못 보면 불안하기까지 했다. 대리운전도 못 다닐 것 같았다. 잠을 제대로 못 자서 몸도 지쳤지만 남자 생각에 운전 중 실수를 자주 하는 게 가장 큰 이유였다.

컴퓨터와 한 세트처럼 붙어 있던 남편이 며칠 전부터 컴퓨터에서 분리됐다. 그렇다고 남편이 색다른 취미생활을 찾은 것 같지는 않았다. 여자가 외출준비를 마쳤을 때쯤 남편이 돌아왔다. 남편은 몰골마저 노숙자처럼 초췌했다. 남편에게 성적 매력이 사라진지도 꽤 오래됐다.

남편은 여자에게 새삼스레 어디 가냐고 캐물었다. 죄책감은 거짓말의 또 다른 얼굴이 분명했다. 여자는 일하러 간다는 짧은 말을 남기고 나가버렸다. 엘리베이터에서 아래층 여자를 만났다. 아래층 여자는 고개를 숙이고 애써 외면했다.

시간이 갈수록 여자는 김동수가 탈출구처럼 보였다. 요즘엔 먼저 만나자고 하는 것도 여자였다. 이제껏 경험해 보지 못한 새로운 삶이 펼쳐질 것만 같았다.

김동수와 만나기로 한지 2시간쯤 지나 전화가 왔다. 그의 말은 짧았다.

"다신 연락하지 마."

"동수씨. 여보세요!"

여자가 불러도 전화는 이미 끊겼고 뚜뚜, 하는 기계음만 들렸다. 여자는 이유가 무엇인지 묻고 싶었지만 진정되지 않은 마음에 다시 전화를 걸 용기가 나지 않았다. 어떻게 집까지 도착했는지 알 수가 없었다. 현관문 소리가 나자 남편이 여자 앞으로 다가와 무섭게 노려봤다. 여자는 모처럼 남편의 얼굴을 정면으로 자세히 보고 있다는 생각이 들었다. 이발을 한지 꽤 오래 되어 보이는 머리는 귀 중간까지 덮고 있었고, 거뭇한 턱 수염은 방금 산에서 야생 생활을 하다가 내려온 사람처럼 거칠어 보였다. 여자가 남편의 일그러진 얼굴을 좀 더 자세히 들여다보려는 순간, 남편은 여자의 얼굴을 수차례 갈겼다. 그러고는 널브러져 있는 여자에게 침을 뱉고 옷을 찢었다.

여자는 비명을 질렀다. 하지만 이내 남편의 살기 도는 눈이 무서워 숨을 죽이고 있었다. 그토록 살벌한 남편의 얼굴을 처음 봤다. 남편은 그래도 분이 안 풀렸는지 여자를 화장실로 끌고 갔다. 여자는 더 이상 저항하지 않았다. 여자의 머리채를 거세게 쥔 남편은 변기 속에 여자의 얼굴을 처박았다. 코와 입에 변기 물이 뿜어져 들어왔다. 변기통에 처박힌 짧은 시간에 여자는 태어날 때 담가졌을 변기 물을 떠올리며 묘한 증오심이 치밀어 올라 폭발할 것만 같았다.

"차라리 죽여! 하지만 죽더라도 이유는 알고 죽어야 할 거 아냐!"

여자는 남편이 뭔가 눈치를 챘구나, 하는 생각이 들었지만 마지막으로 발악 하듯 소리를 질렀다.

"몰라서 묻는 거야? 밤새워 일한다는 게 다른 놈하고 동영상 찍는 거였냐! 네 잘난 몸뚱아리를 세상남자들한테 다 보여주고 싶었냐고!"

"동영상이라니, 그게 무슨 소리야?"

여자는 남편이 무슨 오해를 하고 있다고 생각했다.

"너한테 자궁이 없는 게 천만다행이다. 쓰레기는 또 다른 쓰레기를 낳을 테니까!"

때마침 남편이 뱉은 말은 그 어떤 매질보다 충격적이었다.

남편은 여자를 컴퓨터 앞으로 끌고 갔다. 여자의 긴 머리카락에서 변기물이 뚝뚝 떨어졌다. 남편은 미리 준비한 동영상을 켰다. 그리고는 여자의 얼굴을 화면에 거세게 들이밀었다. 잠시 후, 스피커에서 신음하는 남녀의 목소리가 들렸다.

"이건 당신 취미생활 아니었던가?"

여자가 비아냥거렸다. 그때 화면 속에서 낯익은 얼굴과 익숙한 몸들이 뒤엉켜 있었다. 동영상은 점점 선명해지더니 또렷하게 여자의 눈 안으로 들어왔다.

두 사람은 거미와 전갈이 격렬한 싸움이라도 하듯 서로의 몸을 탐하고 있었다. 여자는 묘한 치욕을 느꼈다. 배우들처럼 가식되지 않은 정사는 야생의 몸짓처럼 강렬하고 처참해 보이기까지 했다. 동영상에서는 어떤 로맨스도 찾을 수 없었다. 그저 성적인 탐욕만 있을 뿐이었다.

구역질이 났다. 속에 있는 오장육부가 모두 뒤엉켜 입 밖으로 튀어 나오려고 했다. 일그러진 표정으로 같이 보던 남편은 울부짖으며 뛰쳐나갔다. 여자는 남편의 우는 모습을 처음 봤다. 상실감에 빠졌을 남편을 생각하자 가슴 밑이 쑤셔왔다. 너무도 고통스러웠다. 어쩌면 자신을 낳고 버린 여자처럼 남편을 너무도 쉽게 버릴 생각을 했던 것 같았다. 여자는 자기 자신을 비웃으며 야동을 처음 보는 사춘기아이처럼 몇 번이고 돌려 보았다.

김동수의 휴대폰은 꺼져있었다. 다음날엔 통화정지음이 들렸다. 여자는 숨이 차올라 귀까지 먹먹했다. 그와 자주 가던 카페로 갔다. 종업원이 청소를 하고 있었다. 여자는 자신을 기억해주는 종업원에게 김동수에 대해 아는 것이 있는지 물었다.

"그 사람, 몰카로 불법동영상 유포하다 이번에 딱 걸렸어요.

맨날 여자들 바꿔서 데려오더라니. 아줌마도 걸려들었죠?"

"그 남자, 지금 어디 있는 지 아세요?

"찾지 마세요. 어쩜 아줌마한테도 경찰이 조사 나올지 몰라요."

종업원은 여자를 한심하단 듯 쳐다보고 말했다.

여자는 종업원을 뒤로하고 허공에 주먹질을 했다. 업소에서 이상한 손님을 만나면 하던 버릇이 튀어나왔다.

"그래, 너도 나처럼 버림받은 인간이었구나. 같은 부류도 못 알아봤다니."

여자는 알 수 없는 웃음이 터져 나오려는 것을 이를 앙다물며 참았다.

집에 돌아온 여자는 남편에게 미안하기보다 몸부림쳐도 빠져나올 수 없는 운명이 저주스러웠다.

서둘러 속옷과 겉옷 한 벌을 가방에 넣고 집을 나왔다. 아파트 입구에서 장을 봐 오는 아래층 여자를 만났다. 평범한 가정집 여자의 표본 같았던 여자의 얼굴은 생기 없는 누런 낯빛에 기미가 선명하게 드러났다. 아래층 여자가 고개를 숙이고 지나갔다. 여자 역시 고개를 숙이고 지나 갈 참이었다.

여자는 서산행 시외버스에 올랐다. 초저녁이 되서야 서산에 도착한 여자는 시내 뒷골목에 있는 모텔을 찾다 마침 〈까치여관

〉이라고 쓰여 있는 간판을 발견했다.

들어가자 작은 키에 육십 대쯤 돼 보이는 남자가 나왔다. 내부역시 여관이라는 간판에 걸맞게 낡고 허름했다. 주인 남자는 혼자서 가방 싸들고 온 여자라는 것을 확인하고 골치 아픈 표정을지었다. 그러더니 투숙자 명단을 내밀며 꼼꼼히 적으라고 했다.

"아줌만지 아가씬지 모르지만서두 살기 힘들어도 집에서 해결해야쥬. 요샌 험한 꼴을 하두 많이 봐서 여자 혼자 오면 영 찝찝혀유!"

주인 남자는 열쇠를 건네주면서 다시 한 번 눈을 치켜뜨고 위아래를 훑어보는 시늉을 했다.

"아저씨, 순두부찌개 하나 배달시켜 주세요. 먹고서 한숨 자고갈 거니까."

여자는 태연하게 웃으며 선불로 돈을 건넸다. 그제야 주인 남자는 안심된다는 듯 어색한 웃음을 흘렸다.

여관방은 그동안 손님이 없어 환기를 시키지 않았는지 퀴퀴한냄새가 났다. 창문을 열려는데 무척이나 뻑뻑했다. 여자는 힘을주어 열어보려다가 이내 포기했다.

늦은 밤 여자는 여관을 나왔다. 한적한 시골 마을이라 그런지오가는 사람이 뜸했다. 하늘을 올려다보자 운무는 약간 끼어있었지만 별들이 유난히 빛났다. 여자는 문득 전갈자리를 찾아보

고 싶다는 생각이 들었다. 별자리로 직접 본 적은 없지만 오늘은
가슴 밑에 박힌 전갈도 제자리를 찾아 갔으면 하고 바랐다.

여자는 잠시 걸음을 멈춰 하늘을 올려다 본채 깊은 숨을 들이
마신다. 그리고 또 다른 탈피를 꿈꾸듯 양팔을 벌린다. 거친 경
적소리가 울린다. 여자가 세상에 떨어질 때 혼자였던 것처럼 공
중에 가볍게 떠오른다.

호두과자 전문점

이불을 빠져나와 블랙커피를 타고 그 위에 소주를 붓자 소주향과 커피향이 뒤섞여 코를 자극한다. 소주커피는 보통 때는 각성제의 역할을 하지만 오늘은 헐어버린 위장과 예민한 신경을 고문할 뿐이다. 언제부턴가 그것은 취하고 싶지만 취할 수 없는 나를 다시 일으켜 살게 했다.

식어버린 소주커피를 몇 모금 마시고 엎질러진 밥상을 치웠다. 벽이며 바닥을 닦아내는데 꽤 오랜 시간이 걸렸다. 엄마는 장롱 옆에 붙어서 모란꽃이 그려진 홑이불을 껴안고 잠들어있다. 엄마의 자는 모습은 어젯밤 분에 못 이겨 악다구니를 칠 때와는 사뭇 다르게 보인다. 마치 자그마한 아이가 겁에 질려 웅크리고 자는 것 같다.

엄마 머리맡에 놓인 호두과자를 한입 물었다. 습기 없이 쪼그라든 호두과자는 딱딱했다. 빵 속에 든 단팥마저 입안에서 퍽퍽하게 겉돌다가 호두 뒤끝의 고소함만 남았다. 팔고 남은 호두과자를 싸오는 것마저 엄마에겐 인색했다는 생각이 든다.

새벽에 어설프게 잠이 들면 못 일어날 것 같아 샤워를 하고 가게로 나왔다. 가는 길에 아파트 담장에 핀 넝쿨장미가 마음을 한결 부드럽게 전환시켜주었다. 어릴 적 봉숭아꽃이 피기 전에 손톱에 빨간 물을 들이고 싶으면 장미 꽃잎을 손톱 위에 올려 놓았다. 비록 봉숭아꽃처럼 붉게 물들이진 못해도 장미 꽃잎에서 풍기는 풋사과 향이 너무 좋아 돌로 빻아 손톱 위에 올려놨었다. 그때 일이 떠올라 장미 꽃잎을 한 잎 따서 손끝으로 문질러 코끝에 대봤다. 여전히 상큼한 풋사과 향이 났다.

나에게 세평 남짓한 가게는 은신처와도 같은 곳이다. 호두과자 기계를 닦아놓고 본사에서 보내온 재료로 반죽까지 마친 후 의자에 앉았다. 가게를 오픈할 때 장사는 처음이라 얼마동안 잠을 이룰 수 없었다. 하지만 염려했던 것과 달리 역사 안이라 유동인구가 많아서인지 굴곡 없는 장사를 할 수 있었다.

마흔이 가깝도록 의기소침했던 내가 가장 크게 벌여 놓은 일이 호두과자 전문점을 차린 것인데, 다가올 나머지 인생도 먹기 싫은 맨밥을 억지로 꾸역꾸역 입에 처넣는 꼴이 될지도 모른다는 불안감은 떨쳐지지 않는다.

"김 사장님, 금요일에 상가 친목회 있는 것 아시죠? 참석 안 하면 벌금입니다."

안경집 남자다. 그는 언제나 가게 문에 얼굴만 내민 채 자기 할 말만 하고 가버린다. 가끔 나와 마주치면 눈을 찡긋대기도 하지만 나이가 나보다 댓살은 어려 보여 웃어넘겼다. 지난 친목회에서는 자기가 안경이나 만질 사람이 아니라며 무슨 말이든 끼어들어 잡상식을 줄줄 읊어댔다. 상가사람들은 그와 어울릴 땐 웃으며 맞장구를 쳤지만 돌아서면 잘난 척 한다고 한마디씩 씹어댔다.

친목회는 두 달에 한번 꼴로 있는데 몹시 부담되는 날이기도 하다. 엄마가 귀가시간에 극도로 예민하기 때문이다. 비쩍 마른 엄마는 움푹 파인 눈을 부라리며 발작을 하듯 몸을 떨며 야단을 친다. 마치 무속인이 내림굿이라도 하는 것처럼 섬뜩한 기운이 감돈다.

"아이고, 술 냄새야! 술이 그렇게도 좋냐? 아니지. 사내놈들이 좋은 거겠지! 네년 팔자도 참 더럽게 꼬인다."

엄마는 욕을 퍼부어도 성에 차지 않을 땐 머리채를 잡아당긴다. 전엔 잠든 사이 머리카락을 뭉텅 잘라놓기도 했다. 가끔은 그런 엄마를 감당하지 못해 악다구니를 치고 아버지처럼 빠져나가고 싶었다. 술김에 베란다에서 뛰어 내리고픈 충동이 일 때도 있었다. 하지만 뛰어 내리기전에 엄마가 먼저 동맥을 그을지도 모른다는 불안감이 엄습해 객기부릴 엄두를 내지 못했다.

아버지가 떠나던 날, 엄마는 내 앞에서 부엌칼로 자신의 동맥을 끊었다. 터져 나온 새빨간 액체는 뱀처럼 길게 방바닥을 지나 내 발바닥에 끈적끈적하게 달라붙었다. 그 후부터 나는 사춘기에 이유 없이 덮쳐오는 혼란스러움에도 짜증 한번 부릴 수 없었다. 어른이 되어 사회생활을 할 때도 사적인 만남이나 회식자리에 끼지 않았다. 그래서 어느 곳에서건 외톨이었고, 결국 바깥일을 포기해야만 했다.

육 개월 다닌 회사에 사표를 쓰고 집으로 돌아오는 길, 주전부리를 좋아하지 않은 내가 걸음을 멈춘 곳은 정류장에서 오 분정도 떨어진 조그만 호두과자 전문점이었다. 추운 날씨에 마음까지 허탈하자 뱃속은 텅 빈 것 같았다. 방금 나온 뜨끈한 호두과자를 입에 넣자 모든 잡념이 사라지면서 진짜 나를 찾고자하는 열망이 꿈틀대고 올라왔다. 그것은 살아가는 방법이 아닌 살아내는 방법에 대한 새로운 제시 같았다.

아버지는 언제나 서재에서 잠을 잤다. 어린 내가 잠이 안 오거나 악몽을 꾸고 안방으로 들어가면 엄마는 지금처럼 장롱 옆에 붙어서 혼자서 잠을 잤다. 그리고 품에 들어온 나를 너무도 꼭 품고 잤다. 나는 그때까지만 해도 가족은 각자 따로 자야 하는 걸로 알았다. 아버지는 할머니와 나에게는 유독 다정하게 대했지만 엄마에게만은 사뭇 달랐다. 사실, 아버지는 엄마보다 훨씬 젊어 보였고 대충입어도 품위 있어 보였다. 휴일에도 엄마는 부엌에서 일만 했고 아버지는 서재에서 잘 나오지 않았다. 내가 처음으로 싸우는 소리를 들은 건 할머니가 고모네 집에 며칠 가 있을 동안이었다.

"나도 지쳤어. 나는 당신하고 살고 싶어서 사는 줄 알아!"

엄마가 핏대를 세우고 먼저 시비를 걸었다.

"나 역시 마찬가지야. 당신도 알잖아. 내가 그때 얼마나 힘들어 했는지."

"그래. 여자한테 차이고 술 먹고 들어온 어린 놈, 내가 자빠뜨렸다!"

"말을 그렇게 천박하게 해야겠어?"

"난, 원래 무식해서 이렇게밖에 말 못해!"

엄마는 울면서 흥분했지만 아버지는 끝까지 냉정함을 잃지 않았다. 두 사람은 삼일 내내 싸우고 삼일 내내 함께 잠자리에 들었다. 난 그런 어른들의 이상한 행태를 도무지 이해할 수 없었다.

중학교 영어선생님이셨던 아버지가 같은 학교 여교사와 바람이 났다는 얘기를 들은 건 초등학교 5학년 때 일이다. 중학교 졸업 때까지는 아버지를 일 년에 몇 차례 볼 수 있었지만 지금은 어디에 사는지도 모른다. 내 기억 속에 아버지라는 존재는 오래된

소나무 같다. 아버지는 내 앞에서 단 한 번도 화를 내거나 찡그린 얼굴을 보인 적이 없었다. 아버지를 볼 수 없게 된 후, 가장 아쉬웠던 건 아버지가 재직 중이던 학교를 내가 입학하기 전에 떠나 버렸다는 것이다. 그 당시엔 아버지가 세상에서 영어를 제일 잘하는 줄 알았다. 나는 친구들한테 자랑할 수 있는 기회를 놓치고, 아버지에 대한 안 좋은 소문이 떠돌자 한동안 내색할 수 없는 상실감에 빠져 있었다. 그때부터 침 뱉는 습관이 생긴 것 같다. 아버지가 잘 있으라며 마지막으로 손을 잡아주고 돌아설 때도 나는 아버지 뒤에서 침을 뱉었다.

젊은 여교사에게 남편을 빼앗긴 엄마는 외동딸을 택할 수 있었고, 집과 퇴직금을 위자료로 받았다. 하지만 겨우 살아난 엄마는 예전의 소박하지만 깔끔하고 부지런한 모습은 찾아볼 수 없었다. 외출도 거의 하지 않았다. 엄마는 며칠씩 밥도 안 먹고 세수도 안하고 멍하게 앉아 있거나 누워있을 때가 많았다. 눈곱이 끼면 눈곱이 낀 채로 백발이 되면 백발인 채로 내버려 두었다.

"남자라는 것들은 죄다 두 얼굴이라고 보면 돼. 네 아버지 봐라!"

엄마는 드라마를 보다가도 바람피우는 남자 얘기가 나오면 기회를 만난 듯 곧바로 아버지로 연결시켰다.

"엄만 세상 모든 남자들이 다 아버지 같은 줄 알아?"

"네가 남자를 몰라서 그래. 특히 네 아버지처럼 앞에서 얌전떠는 인간들은 뒤로 호박씨를 얼마나 잘 까는데. 내가 캐낸 여자만 해도 다섯은 된다. 더러워서 같이 자기도 싫더라니까."

"내가 보기엔 아버지가 엄마를 더 무시하는 것 같던데."

"그래. 내가 무식해서 말이 안 통한다고 그러더라. 하긴 에이 비씨도 모르는 여편네가 뭐가 좋겠냐? 세상엔 잘난 년들이 쫙 깔렸는데."

엄마가 자학할 때, 내가 할 수 있는 일은 내 방에 들어가 귀를 틀어막고 방바닥이건 책상 위건 입이 바짝 마를 때까지 침을 뱉는 거였다.

엄마는 할머니가 돌아가셨다는 소식을 듣고도 장례식에 참석하지 않았다. 아버지를 다시 만날 기회조차 놓치고 만 것이다. 엄마에게 있어 할머니의 죽음은 응어리진 어혈이 빠져나간 것처럼 시원했을 것이다. 엄마는 나를 낳고 할머니가 그토록 원하던 아들을 낳아주기도 전에 자궁에 혹이 생겨 자궁을 들어내야만 했다. 어릴 적 할머니와 함께 살 때 엄마는 그야말로 할머니의 몸종 같기도 하고, 집안의 찬밥처럼 겉돌았다. 그런 엄마가 아버지의 서울 전근통지를 받고는 며칠간 옷과 화장품을 사다 날랐다. 분명 아버지보다 엄마가 더 들떠 있었다. 하지만 엄마의 그런 달콤한 꿈은 낮잠처럼 끝나버렸다. 서울로 이사 와서 아버지는 같은 학교 여교사와 살림을 차렸다. 여교사가 미혼이었기에 가장 쉽게 주위 사람들을 단념시키는 방법을 찾은 것 같았다. 아버지와 여교사는 다니던 학교까지 동시에 그만두었다.

바람났다는 소문에만 그쳤어도 엄마는 참고 기다렸을 것이다. 어쩌면 아버지가 먼저 이혼 하자고만 안했더라도 엄마는 죽을 때까지 부부의 연을 놓지 않았을 것이다. 나는 시간이 흐를수록 아버지의 진실 된 눈빛에 파편을 맞은 것처럼 혼란스러웠고, 아버지도 별수 없는 거대한 수컷처럼 불쾌했다.

남은 건 질긴 시간이었다. 시간이 모든 걸 무디게 한다는 것은 진리였다. 이젠 엄마의 한 섞인 소리도 전혀 짠하지 않고 아프다고 하는 소리도 어린아이의 칭얼대는 소리쯤으로 들린다. 내 귀에도 어느 틈에 딱딱한 호두껍질이 생겼기 때문이다.

"철커덕 철커덕"

호두과자 기계 돌아가는 소리가 시계초침 소리처럼 익숙해져 버린 지 오래다.

비가 오는 날은 가게를 찾는 사람들이 뜸하다. 호두과자 냄새가 비 오는 날에 달짝지근하고 고소함이 더욱 진하게 머물지만, 싸들고 가기엔 망설여지는 날씨다. 팍팍한 마음처럼 좁은 가게는 벽에 창문하나 없이 막혀 있다. 오늘도 빈 항아리에 빗물이 떨어져 고이는 것처럼 별도리 없이 하루를 채워나가는 기분이다. 가게 출입문마저 의류 아울렛과 정면으로 마주하고 있어 역사 밖 육교로 가야 하늘을 볼 수 있다. 나는 눅눅해진 가게 안을 환

194

기 시킬 겸 출입문을 열어놓고 우산을 챙겨 밖으로 나갔다.

육교에서 보이는 하늘은 무거운 먹구름으로 가득 차 있고 라이트를 켠 차들의 행렬은 세찬 빗줄기를 선명하게 보여줬다. 퇴근시간과 맞물려 우중충해 보이는 사람들이 역 안쪽에서 쏟아져 나왔다. 어느새 청바지 아랫단이 비에 젖어 묵직한 느낌마저 들었다. 우산을 어깨에 걸치고 바짓단을 올리는데 한 남자가 앞을 가로막고 서있었다. 순간 나는 우산을 옆으로 얼른 치웠다.

"설마 했는데, 너 맞구나!"

"누구신지? 혹시…… 경민씨?"

목소리로 경민을 확인했지만 먼저 알아본 건 분명 그였다. 경민은 예전과는 달리 군살 없이 잘 다져진 체구와 갖춰 입은 옷차림에서 여유로움이 묻어났다. 얼굴의 화상자국도 완벽에 가까울 정도로 회복된 것 같았다. 나는 뜻밖의 만남에 잠시 당황했다.

"이 동네에 사니?"

"아……. 응."

"볼일이 있어 근처 왔다가 너를 보게 될 줄 몰랐네. 많이 변했구나. 결혼은 했겠지?"

경민이 호기심어린 눈으로 바라봤다.

"으음……. 아니, 아직."

"그래? 오늘은 바쁘고 언제 시간 내서 다시 만나자. 연락처 좀 알려줄래?"

"어……. 나, 여기 호두과자 전문점하고 있어."

나는 체념하듯 말했다. 이제 와서 숨길 이유도, 그를 힘들어할 이유도 없는 것 같았다. 하지만 경민이 내민 명함을 보는 순간 눈앞에 보이는 호두과자 전문점이 시골의 점방처럼 초라해보였다.

경민이 악수를 청하고 돌아섰다. 손에 들린 명함은 한동안 나를 그 자리에 서 있게 했다. 다음에 다시 만나자는 그의 목소리가 여운처럼 들리면서.

대학에 떨어지고 아르바이트를 하며 재수학원에 다녔다. 그때도 엄마는 아무 의욕도 없이 끙끙 앓는 소리를 내며 집에서 꼼짝하지 않았다. 간장이나 된장이라면 묵히면 숙성이라도 되겠지만 엄마는 악으로 발효가 되는 것 같았다.

나는 학원 앞에 있는 교회를 자주 들러 원망 섞인 기도를 내뱉었다. 신자는 아니었지만 예배가 없는 저녁시간에 교회 안에 들어서면 오히려 집보다 편안함을 느꼈다.

교회에서 본 경민을 재수학원에서 몇 차례 마주쳤다. 알고 보니 그는 나보다 세 살 위인 편입준비생이었다. 나는 경민과 가까워지자 주로 하소연을 했다.

"난, 묵직한 개줄에 묶여 옴짝달싹 할 수 없는 강아지 같아."

"오늘도 우울하구나? 우리 아주 슬픈 영화나 보자. 실컷 울고 나면 기분이 좀 나아질 거야."

경민은 나의 억눌린 마음을 풀어주려 애썼다. 가끔은 외각으로 바람을 쐬어주며 막혔던 숨통을 트이게 해주었다. 그때도 늦는 날엔 어김없이 엄마에게 머리채를 휘어 잡혔지만 그가 있어 참아낼 수 있었다.

이듬해 나는 대학에 입학했고, 경민은 의대편입에 성공했다. 낙천적인 성격을 가진 경민과 함께 있으면 누더기 같은 집안일을 잊게 만들었다. 불확실한 미래도 잘 풀릴 것 같았다. 하지만 그것은 나의 얄팍한 착각이었다. 경민은 서울외각의 고시원에서 지냈는데, 한밤중에 화재가 나서 전신화상을 입고 말았다. 연락을 받고 병원에 서둘러갔을 땐 생기 있고 의욕에 넘치는 젊은 청년은 없었다. 단지 일그러지고 눌러 붙은 얼굴을 가진, 운이 없는 낯선 남자가 누워 있을 뿐이었다. 경민의 커다란 눈망울은 눈꺼풀이 아래로 붙어 보이지도 않았다. 나는 비겁함을 억누르며 두 차례의 면회로 언제 회복될지 모르는 그와의 관계를 마감했다.

처음엔 외모 때문에 그를 좋아한 건 아니지 않는가, 자책하며 그에게 다가가려 했다. 하지만 마음의 움직임은 노력만으로는 되질 않았다. 짐스러운 사람은 엄마 한 사람으로도 벅찼다. 나는 한동안 길 잃은 아이처럼 어찌 할 바를 몰랐다. 지난 추억마저 화재가 다 태워 버렸는지 건드릴수록 재처럼 부스러졌다.

나의 일방적인 결별 후, 경민은 2년 후에 다시 나를 찾아왔다.

그때까지도 눈썹 옆과 양쪽 볼에는 치대다만 반죽처럼 화상자국이 남아있었다. 나는 그를 보자 알몸을 얼음 위에 올려놓은 듯 한기가 돌았다. 경민은 예전과 다르게 나를 거칠게 다루며 조용한 곳에 가서 얘기하자고 다그쳤다.

"나한테 어떻게 그럴 수 있니? 내가 너한테 겨우 그 정도였어!"

"……."

"너만은 내 곁을 시켜줄 줄 알았어. 나라면 질대로 니를……."

어색하게 기울어진 경민의 눈꺼풀 가장자리로 눈물이 세어 나왔다.

경민의 집착은 그날부터 시작되었다. 내가 거부하면 할수록 치밀해지는 것 같았다. 하루가 멀다 하고 집 앞이나 학교 정문에서 기다리고 있었다. 한때 그로인해 행복했었나, 하는 의심마저 들었다. 그가 매달릴수록 섬뜩하게 느껴졌고 그로부터 도망치고 싶었다.

"나한테 원하는 게 뭐야?"

"없어. 그냥 너를 보고 싶을 뿐이야."

"이제 그만해! 질린다. 한번 자주면 끝낼래?"

"너무 한다……."

경민은 침울한 표정을 지으며 더 이상 말을 잇지 못했다.

그 후, 경민은 찾아오는 횟수가 차츰 줄어들더니 영영 얼굴을 보여주지 않았다. 대신, 그의 일그러진 얼굴은 내 꿈속에서 심심 찮게 볼 수 있었다. 밤마다 돌아오라며 주술을 할지도 모른다는 생각이 들 정도였다. 가끔 경민의 소식이 궁금한 적도 있었지만 다시 본다 해도 반갑지는 않을 것 같았다. 단지 마음속 최소한의 양심으로 그가 잘 되길 빌어줄 뿐이었다.

가끔 기계에서 늦게 꺼낸 호두과자가 까맣게 타서 나오면 병 실에 누워 있던 경민의 얼굴이 떠올라 섬뜩했다. 나에게 있어 호 두과자는 첫사랑의 일그러진 얼굴이기도 하고, 죽을 때까지 괴롭 힐 것 같은 늙은 엄마의 누렇고 주름진 얼굴이기도 하다. 그리고 이젠 어떻게 생겼는지 기억에서 희미해진 아버지의 얼굴이기도 한 것이다.

호두과자 전문점을 차린 지도 오 년이 다 돼간다. 다른 사람들 눈치 안보고 돈벌이를 한다는 게 다행스러울 때도 있었다. 하지 만 시간이 흐를수록 좁은 가게 안이 답답해서 숨이 턱턱 막힐 때 가 잦아졌다. 옆 가게 떡집 여자는 손님이 뜸한 날이면 찾아와서 하소연을 하고 간다. 계절 안타는 호두과자점을 은근히 부러워 하는 눈치다.

"한여름도 아닌데 왜 이리 덥데. 떡 내놓은 거 다 쉴까봐 걱정 이네."

떡집 여자는 광주에서 올라와 이곳에 떡집을 차렸다.

"내 사촌 조카 생각해 봤어? 요사인 이혼 한 번 한건 흉도 아녀. 자식도 없것다. 총각이나 진배없다니께. 그만 뜸들이고 한 번 더 만나봐. 심성하난 착해."

"전 아직 결혼할 맘이 없어서요."

"중장비 기사도 아무나 하는 게 아녀. 자격증도 있어야 하구, 전문직이라 돈도 많이 번다니께."

떡집 여자는 입에 허연 거품이 일 때까지 조카 자랑을 한바탕 하고 갔다.

지난달 무턱대고 한 사내를 가게로 끌고 온 떡집 여자는 자기 조카라며 가게 안에 사내를 밀어 넣고 실실 웃으며 나갔다. 나는 어이가 없었지만 담담히 사내를 쳐다봐 주었다. 사내는 어딘가 어색한 양복차림에 까무잡잡하게 그을린 얼굴로 내 앞에 세워졌다. 나이는 내 또래처럼 보였으나 양복소매 끝을 만지작거리는 손은 무척이나 거칠어보였다. 나 역시 어디 내세울만한 모양새는 아니었지만 당황스러워 화도 내지 못했다.

"저어…. 고모한테 말씀 많이 들었습니다. 문 닫을 때도 된 것 같은데 술 한 잔, 아니 저녁이라도 드시러 가시죠."

사내의 어눌한 말투로 봐선 차 한 잔도 나누고 싶지 않았다.

"오늘은 너무 바빠서 피곤하거든요. 담에 시간 되면 고모를 통해 연락드릴게요."

사내의 겸연쩍은 모습을 뒤로하고 나는 급한 일이라도 있는 듯 아르바이트 학생과 서둘러 뒷정리를 했다.

집에 오자 엄마는 삐걱거리는 장롱을 닦고 있었다. 며칠 동안 내린 비로 장롱에 곰팡이라도 낄까 걱정되는지 틈새까지 구석구석 닦았다.

"엄마, 다른 건 몰라도 장롱은 바꾸자. 너무 오래됐잖아."

"그런 소리 말고 나 죽으면 저걸로 관이나 짜서 묻어줘라. 요즘 오동나무 관이 어디 흔한 줄 아냐."

"죽는 얘기라면 그만해."

나는 말을 짧게 끊었다.

엄마는 나와 함께 있을 때 유난스러울 정도로 장롱 닦는 일을 거르지 않았다. 적어도 내 눈에는 그렇게 보였다. 장롱은 엄마의 유일한 혼수품이다. 나는 어린 시절부터 한 장롱만 봐 왔기 때문에 가구라기보다 그 자체가 엄마로 느껴질 정도였다.

엄마는 몇 차례의 이사에도 장롱만은 절대 버리지 못하게 했다. 사십년이 다된 장롱은 정말 커다란 관 같기도 하고 벽장처럼 보이기도 한다. 문짝도 미닫이인데다가 여기저기 흠집이 난 것은 말할 것도 없고 비틀어지기까지 했다. 서랍도 몇 차례 망치질을 해서 간신히 사용해온 것이다.

"엄마. 나 시집이나 갈까?"

나는 팔고 남은 호두과자 봉지를 엄마 앞에 내놓으며 조심스럽게 말을 꺼냈다.

"웬일이냐. 사귀는 남자라도 생겼냐? 지 애비 하나 못 잡는 년 이 지 서방은 지킬 수 있으려나."

엄마의 반응은 비아냥 그 자체였다.

"엄마나 잘 지키지 그랬어!"

나도 모르게 큰소리가 튀어나왔다. 엄마의 조소 섞인 말투는 속을 뒤집어 놓기에 충분했다.

"뭐야! 이젠 네년까지 나를 무시하는 거냐!"

엄마의 일굴이 사정없이 일그러졌다.

"아냐, 아냐! 내가 잠깐 미쳤나봐."

순간적으로 내뱉은 말로 시끄러워지고 싶지 않았다. 하지만 주위 담으려 했을 때는 이미 늦었다.

"너도 이 어미 버리고 가버려! 가버리면 그만 아니냐. 나쁜 년!"

나는 밤새 계속되는 엄마의 악담을 들어야했다.

"호두과자 주세요."

경민이 찾아왔다. 정확히 일주일만이다.

나는 애써 반가운 표정을 지어 보였다.

"애들 주려고?"

"애 없어. 아직 결혼 못했거든. 아침밥대신 먹으려고."

"그렇구나. 난 당연히 애 아빠가 된 줄 알았지."

"가끔 들리면 친구해줄 거지? 밀쳐내지만 마라."

경민은 예전처럼 편안하게 웃으며 말했다. 그리고 한번 발을 트자 하루가 멀다 하고 퇴근길에 들렀다. 경민의 의외의 행동에 아직도 나를 잊지 못한 건가, 하는 의문이 들기도 했지만 한편으론 끊을 수 없는 인연을 만난 양 기분이 좋았다. 내 몸속에도 분명 필요에 의해 관계를 맺는 이기적유전자가 흐른다는 것은 변명의 여지가 없었다. 그것은 생존본능처럼 강하게 느껴졌다. 시간이 흐를수록 화재 나기 이전으로 돌아간 기분이 들었다. 나는 또다시 그에게 기대어 위로 받고 싶어졌다.

경민이 자신의 집으로 초대했다. 꽤 넓은 평수에 살림살이가 규모 있게 짜여있어 도저히 혼자 사는 남자의 집으로 보이질 않았다.

경민은 주방으로 들어가 미리 준비한 스파게티 재료로 흥얼거리며 요리를 했다. 나는 세련된 남성의 본보기라도 보는 양 나무랄 데 없는 그의 뒤태를 계속 훔쳐보았다. 이십대에 보지 못했던 능숙한 그의 태도가 어색한 관계를 쉽게 적응할 수 있게 만들었다. 나는 들뜨고 흥분된 마음이 비춰질까 조심스러웠다.

"이 정도로 안정되게 살면서 왜 결혼하지 않은 거야?"

"너만큼 누굴 좋아하기가 쉽지 않네."

빤히 쳐다보며 말하는 경민에게 어떤 표정을 지어줘야 할지 고민이 됐다. 함께 있고 싶다는 그의 말도 싫지 않았다.

새벽 미명을 함께 맞은 경민이 집까지 바래다주었다.

우리 두 사람을 베란다에서 내려다 본 엄마가 현관문을 열자마자 시비조로 말을 붙였다.

"뭣 하는 사람이여? 몇 살이나 먹었냐? 덜떨어진 년이 사람 보는 눈도 없으면서 남자는 알아가지고. 쯧쯧! 네 아버지 같은 사람 만나면 너도 인생 조지는 거여."

엄마의 생기 없고 텁텁한 욕지거리 섞인 말투는 홍수 속의 부유물처럼 집안 곳곳에 떠다녔다.

"엄마, 딸 나이는 알기나 해? 건들지 마. 이젠 나도 안 참아."

"요 며칠 꿈자리가 뒤숭숭해서 그런다. 죽은 너희 할머니가 자꾸 나하고 너를 어두운 산속으로 끌고 가지 뭐냐. 원수 같은 노인네, 죽어서까지 사람 괴롭힌다니깐!"

"어휴, 지겨워. 엄마도 진즉 보란 듯이 재혼이라도 하지 그랬어. 누가 모를 줄 알아. 장롱 속에 아버지 양복 숨겨놓고 아버지랑 덮던 다 떨어진 이불 안고 자는 거!"

"네 년이 뭘 안다고 그래? 그건 내가 식모살이해서 장만한 물건이라 아까워서 안 버린 거야!"

엄마는 가느다란 목에 핏대를 올리며 말하고는 방문을 거세게 닫고 들어가 버렸다. 난 그제야 한숨 돌릴 수 있었다.

엄마는 장롱을 닦듯 매일 꿈 얘기를 한다. 내가 건성으로 들어도 빠뜨리는 법이 없다. 요즘엔 고향사람과 죽은 사람들이 자꾸 보인다고 했다. 엄마의 음습한 꿈 얘기를 듣다보면 소름이 돋을 때가 많다. 내가 누군가를 사귄다는 게 확실해지면 엄마는 꿈을 빌미로라도 더 집요하게 매달릴 것이다. 나는 문을 잠그고 이불로 온몸을 돌돌 말았다. 머리부터 발끝까지 번데기처럼 말려 꼼짝할 수 없을 때 비로소 호두껍질 속에 들어간 듯 편안하기 때문이다.

아침부터 비가 내린다. 나는 손님이 많은 시간을 피해 오전에 산부인과로 향했다. 의사의 주의사항을 듣자 큰일을 한 것처럼 스스로 기특하게 느껴졌다. 백화점에 들러 레이스가 달린 시폰 원피스를 사 입고 가게로 돌아왔다. 아르바이트생은 못 알아보겠다며 연거푸 감탄사를 퍼부었다.

피곤했지만 경민에게 가고 싶었다. 선물용 호두과자를 들고 지하철에 올랐다. 손에 쥔 경민의 명함은 하도 만지작거려서 끝이 헤져있었다. 뱃속에 호두과자만한 태아가 있음을 알릴 생각을 하자 설레기도 하고 긴장도 됐다.

병원입구에서 옷매무새를 고치고 간호사에게 살짝 개인적인 용무가 있음을 알렸다. 잠시 후, 간호사가 산부인과 전문의 김경민이라고 쓰여 있는 원장실로 안내했다.

"연락도 없이 여기까지 웬일이야?"

경민의 당황하는 모습이 역력했다.

"당신이 전문가니까 당신에게 진찰받을까 생각했는데 쑥스럽더라고……."

"무슨 얘기야?"

경민의 눈썹이 약간 치켜 올라가더니 갑자기 회전의자를 돌려 등을 보였다.

"가있어. 연락할게."

경민의 목소리는 건조했다.

나는 허탈한 마음을 가까스로 삼키며 병원을 나섰다. 집으로 곧장 들어와 이불 속에 들어가자 열병이 날 것 같았다. 경민이 기뻐서 날뛰지는 않아도 적어도 흐뭇한 표정은 지어줄 줄 알았다.

불안하다. 며칠이 지나도 연락이 없다.

나에겐 더 이상 기다릴 인내심이 남아있지 않았다.

"당신 입으로 말해줬으면 좋겠어. 어떻게 해야 할지."

전화를 건 손에서 진땀이 났다.

"골치 아픈 건 딱 질색인데. 난 너처럼 어느 누구한테도 묶이기 싫어. 미안하다는 말은 하지 않겠어. 너처럼 말이야. 돈이 필요하면 말해."

"그럼 난 뭐였어?"

"그걸 왜 나한테 묻는 거지? 바쁘다. 난 오늘도 두 명의 아이를 세상에 나오게 해야 한다고."

잠시 동안 숨을 쉴 수가 없었다. 눈물도 나오지 않았다. 암흑

속에 매장된 기분이었다.

늦은 시간까지 걷고 또 걸었다. 걷는 내내 침을 뱉은 것 같다. 호두과자 전문점을 한 이후로는 한 번도 뱉지 않았는데 계속 입 안에 고이는 침이 불쾌했다.

엄마는 무언가를 확인하려는 듯 오늘도 베란다에 앉아있었다. 나는 끝이 보이지 않는 어둡고 긴 터널을 빠져나오지 못한 것처럼 멍했다.

엄마가 밥상을 차려왔다.

"어딜 그렇게 쏘다닌 거야? 며칠 굶은 얼굴을 해가지구선."

나는 아무런 대꾸 없이 밥상 앞에 앉았다. 숟가락을 드는데 밥 상위에 무언가 꿈틀거리는 것이 기어가고 있었다. 밥풀을 흘린 것 같아 눈을 비볐다. 하지만 그것들은 상다리를 타고 밥상위로 한 마리씩 올라왔다. 방바닥을 보자 하얀 구더기들이 여기저기 기어 다니고 있었다.

밥상을 엎어버렸다.

"제발 나한테서 떨어져 나가!"

"무슨 짓이여! 저년이 이젠 밥상까지 엎네. 완전히 미쳤구먼!"

나는 널브러져 있는 그릇들을 벽에 하나씩 깨트렸다. 그렇지 않으면 구더기가 온몸에 달라붙을 것 같았다. 빨간 김치 국물이 사방에 퍼지고 된장국 건더기가 벽에 붙었다가 흘러내렸다.

밤새 흐느껴 우는 엄마의 소리를 들었다. 내 몸은 이미 이불로 돌돌 말렸지만 이전처럼 편안하지 않았다. 숨쉬기도 어려울 정도로 답답했다. 뱃속의 아기가 아랫배에 둥지를 트는 것 같았다. 체한 듯 거북하고 신트림이 자꾸 나왔다.

안방으로 들어갔다. 엄마는 역시 장롱에 붙어서 잠을 자고 있었다. 엄마가 가장 예뻐 보일 때는 내가 서울에 있는 학교로 전학 가는 날이었다. 엄마는 새벽부터 미장원에 들러 영화 '로마의 휴일'에 나오는 오드리 햅번 스타일을 하고서 내 손을 잡고 학교를 찾아갔다. 아마도 최선을 다해 딸은 물론이거니와 학교 선생님에게 잘 보이고 싶었던 것 같았다. 지금 눈앞에 있는 엄마는 그때와는 전혀 다른 모습이다. 마치 오래된 회색모직 스웨터를 뜨거운 물에 빨아 널은 것처럼 오그라들었다. 초췌하다 못해 악만 남은 늙은이의 형상인 것이다. 나 역시 오기로 하루하루를 버티는 꼴이 엄마와 별반 다르지 않다는 생각이 든다. 두 여자, 아니 태어날 아기까지 이대로 새벽빛에 증발해버리고 싶다.

호두과자에 반쪽씩 넣던 호두알을 한 알 전부 넣었다. 호두가 빵 밖으로 빠져나올 정도다. 아르바이트생이 의아스럽게 쳐다봤다.

"오늘 오는 손님한텐 정말 최고로 잘 해주고 싶어서 그래."

태연히 대답했지만, 호두과자엔 진짜 호두가 가득 들었다고 큰 소리로 말해주고 싶었다.

아르바이트생을 보낸 후에도 호두과자를 계속 찍어냈다. 호두과자를 담은 상자가 수북이 쌓였다. 그래도 멈출 수가 없었다.

"김 사장님. 오늘은 가게 문 빨리 닫아요. 저번 친목회처럼 빠지지 말고요."

안경집 남자는 오늘도 가게 문에 머리만 내민 채 자기 할 말만 하고 돌아섰다.

셔터를 내리고 친목회 자리로 향했다. 술자리란 걸 모를 리 없지만 함께 어울리지 못할 이유도 없었다. 친목회 자리에서 안경집 남자는 여전히 잘난 척을 했다.

술을 연거푸 마시다보니 누군가 목을 조르는 것처럼 숨이 막혔다. 혼자 밖으로 나왔다. 발이 땅에 닿지 않고 걷는 것 같았다. 어릴 적 엄마가 솜을 틀어 이불보를 씌워 꿰맬 때 그 위를 사뿐사뿐 걸어 보았던 그 느낌이다.

벤치가 보였다. 어느새 안경집 남자가 따라왔는지 벤치에 나를 털썩 앉혔다. 그리고 조금은 안도한 얼굴로 내 옆에 앉았다. 술이 차츰 깨자 안경집 남자와 단둘이 있는 게 어색했다. 안경집 남자는 기침을 두 번 하더니 긴장된 목소리로 말했다. 남자의 말투는 평소답지 않았다.

"저어, 천천히 말씀드리려 했는데, 그쪽 아버지가 가끔 우리 가게에 들러 당신의 안부를 묻고 가십니다."

"네? 지금 뭐라고 그러셨어요?"

난 술기운에 상체가 휘청하자 정신을 놓지 않으려 이내 몸을 곧추 세웠다.

"당신 걱정을 많이 하고 계셨습니다. 저 역시 당신에게 관심이 있지만……."

"아버지라뇨? 난, 아버지가 없는데 뭘 잘못 아신 거 아니에요?"

"확실합니다. 부녀가 닮아도 너무 닮으셔서 누구라도 의심하지 않을 겁니다. 아버님이 몸이 많이 불편해 보이던데, 당신 얘기를 하며 눈물을 흘리시더라고요."

"눈물? 그 사람은 얼어 죽을 눈물이 아직도 남아 있던가요?"

"다음에 오시면 한 번 만나보고 싶다고 하시던데 괜찮으시겠어요?"

"쳇! 늙고 병드니까 찾아왔나보지. 당신도 나한테 관심 있다는 거 보니 나한테 기대고 싶은 거야?"

난 내가 말을 하고도 스스로 놀랐다. 어느새 엄마의 말투를 따라하고 있었다.

내가 비아냥거리자 안경집 남자는 불쾌한 얼굴로 뒤도 돌아보지 않고 가버렸다. 그 순간, 난 알았다. 이 모든 게 운명이라면 뒷걸음쳐도 어쩔 수 없다는 걸.

엄마는 내가 늦게 들어왔는데도 꼼짝하지 않고 장롱에 붙어서 잠을 자고 있다. 뱃속의 아이가 꾸물대는 걸까. 속은 더부룩한데 엄마가 끓여준 된장국이 자꾸 생각난다. 엄마를 깨웠다.

"엄마, 된장국 먹고 싶어. 정말 먹고 싶다구."

대답이 없다. 엄마는 새벽녘에나 잠이 드니 곤한 잠을 자는 것이다. 나는 오랜만에 엄마 옆에 누워본다. 엄마가 안고 있는 퇴색한 모란꽃 이불도 잡아당겨 덮어본다. 깊은 잠이 들것 같다.

운명에의 순응, 그 시원始原의 슬픔
　─송방순 소설집『전갈자리』

　　김성달 소설가

1.

송방순 작가의 소설은 화자의 말들이 만들어낸 문장이 문장을 밀어내는 힘으로 마지막 문장까지도 자연스럽게 감정의 선이 흘러간다. 그래서 도착한 곳은 잔잔하면서도 아득한 삶의 시간들이 한꺼번에 몰려와 고이는 것 같은 알 수 없는 깊이의 슬픔의 세계이다. 사려 깊으면서도, 삶의 뒤안길에서 울고 싶게 만드는 물음들이 상징으로 박혀 가슴을 파고든다. 감정을 흔드는 상징들은 지나가는 삶의 조각들을 매번 다른 모습과 강도로 독자를 끌어들인다. 현란하게 기교를 부리지 않은 문장은 말의 배치와 반복을 통해, 또한 말의 단절과 연속의 장치를 통해 감정을 전달한다. 단순하게 보이는 문장을 다독이고 부추기고 당기고 밀면서 쉽게 포착하기 힘든 감정의 넓이와 깊이를 생생하게 교직하고 있다.

송방순 작가의 소설 속 화자들의 말은 구체적이며 실재적이며 유동적이어서 불확실한 감정을 끌어내어 현실에 접목시키기에 적합하다. 또한 무심한 듯이 툭툭 뱉는 건조한 말은 현실에 관한 잔인한 부정의 방식을 상기시키면서 독자들을 감정의 극한, 절벽으로 툭 밀어버린다. 온갖 모순과 불안과 동요의 덩어리로 뭉친 감정은 수많은 의미를 담아내는 것이 아니라 말의 반복과 연쇄 확장을 통해 아득하고 모호한 감정의 바다를 이룬다. 그 과정에서 말은 제 자신에게 부여한 상징을 통해 자신의 앞뒤에 배치된 말들에게 영향을 주는 잔상을 남긴다. 그 잔상의 여운은 길고도 깊다. 황토집과 노파, 정수기와 고래, 지체장애아와 10월의 눈, 과일가게와 성욕, 수다와 입의 실종, 수세미와 여동생, 전갈과 거미, 호두과자와 침 뱉기 등과 같은 이미지들이 지속적으로 추구해온 감정들이 생생하면서도 쓸쓸하게 회상되는 그러나 현재적인 감정이다.

화자의 말들은 작고도 사소한 것에도 예외 없는 상징을 부여해 더욱 구체적인 형상을 구축하고 있다. 그 말은 끝을 종용하는가 하면, 삶은 아직 남아있는 날들이 있다고 안도하기도 하는 존재들의 피로가 묻어있다. 끝이 있는데도 끝이 나지 않을 날들을 조금씩 연장하며, 약하지만 질긴 감정의 파도가 절망의 경계에 서 있는 화자들의 모습을 골똘하게 되새기게 한다. 화자들의 말은 흩어지고 휘발되는 문장이 아니라 서로에게 전달되어 색깔을 입히고 잔상을 남기는 문장의 축적으로 남아 네 남자와 네 여자의 불가사의한 감정을 강렬한 실감으로 각인시키고 있다.

송방순 작가의 소설 문장에는 가치판단이나 감정의 개입을 차단해 말 스스로 일으키는 사태에 집중하게 만드는 힘이 있다. 문장이 스스로 굴러가거나 혹은 이런 저런 모습으로 변화하는 것으로 바라보려고 한다. 문장이 무엇을 한다거나 그런 일을 한다고 믿는 것이 아니라 무연하게 바라볼 때 무엇이 달라질까 하는 작가의 관심이 마침내 새로운 형상을 만들어낸다. 형상이 있어 말이 따라가는 것이나 아니라 말이 있어 형상이 생긴다. 그 형상은 화자들과 연루되어 괴로워하고, 사랑하고, 미워하는 세상의 일들이 전개되면서 갈등하고 화해하고 긴장하는 극적인 관계들로 자연스럽게 만나게 된다. 말을 통해 경험한 세상은 소멸과 생성, 현재와 과거, 시도와 좌절을 겪으며 문장과 문장 사이의 간격에 슬픔으로 고인다. 그래서 송방순 작가의 문장은 고독하다.

송방순 작가의 소설은 개인의 차이와 불화의 감각으로 화자의 개별성을 빚어내는 솜씨가 돋보인다. 존재감을 느껴보고 싶기도 하고, 누군가의 손을 잡고 소소한 일상을 살아보고 싶기도 하고, 또는 기대가 사라져버린 삶의 무기력을 살아가는 개인들의 악화된 현실의 문제를 주로 다루고 있는 그의 소설은 소위 말하는 진정성의 덫에 빠지지 않고 반역하는 개인의 모습을 유지하고 있다. 반역하는 그 개인의 모습들은 그들의 현실이 불투명해지고, 의미가 확정된 공간이 아니라 의미가 지연되고 무한 분산되어 현실에 상당한 불온의 흔적으로 남을 수밖에 없다. 그래서 네 명의 남자와 네 명의 여자, 이 둘 사이의 세계와 기억과 사건들이 모두 말로써 구축할 수 없는 심연에 도달한다. 남자와 여자들은 닮은꼴이면서도 그 닮은꼴이 해체되고 찢겨져 생소한 기하학적인 관계가 반복되고 그것은 존재의 실종과 망실로 슬픔을 배기시키고 있다.

송방순 작가가 그리고 있는 네 명의 그 남자와 네 명의 그 여자의 다양한 세상 속으로 들어가 보자.

2.

「틈」은 고정관념, 획일화된 시선, 정형화된 사고를 역전시키는 틈의 공간을 황토집으로 형상화한 작품이다. 상대를 배격하거나 공격하는 의미보다는 자신의 삶의 틈에 대상을 끌어들이는 작가의 미적 응전방식이 남자의 섬세한 내면 포착과 극적인 결말로 흠 잡을 데 없다.

시 합평을 위해 늦은 시간 연구실을 찾아온 여학생과의 소문 때문에 교수이자 시인인 나는 학교를 그만 두게 되고 결국 아내와 이혼을 한 후 구룡산 자락에 황토집을 짓고 산다. 아내는 이혼 얼마 후 뇌종양으로 죽었다. 나는 읍내 중국집에서 어떤 노파의 음식 값을 대신 계산해주는 친절을 베풀었다가 자신의 집을 찾지 못하는 노파를 황토집에서 재우는데 한밤중에 눈을 떠보니 노파가 옆에 누워 내게 젖을 물리고 등을 토닥거린다. 놀라서 노파를 옆방으로 돌려보낸 후 아침을 먹여 파출소로 데려갔지만, 노파는 지녁이면 황토집을 찾아와 자꾸 옷을 벗고 같이 자자고 한다.

> 나는 옷이 벗겨지는 것을 느꼈지만 온몸에 술이 퍼진 탓에 노파를 물리칠 힘이 없었다. 노파도 옷을 벗고 옆에 누웠다. 나는 취했지만 모든 상황을 감지할 수 있었다. 하지만 술기운이라고 스스로 변명하고 싶었다. 나는 노파가 하는 대로 내버려두었다. 그리고 그것은 외로움의 포개짐이라고 머릿속에 되뇌었다.

나와 몸을 섞은 후 노파는 찾아오지 않는다. 어느 날 새벽, 불을 때지 않은데도 방바닥이 따뜻해 나가보니 노파가 부엌에 웅크리고 앉아 아궁이에 장작을 집어넣고 있다. 많이 초췌해진 얼굴로 '나는 여기가 좋아'라는 말을 하는 노파를 위해 나는 누룽지 두 그릇을 떠온다.

이 작품에서 노파와의 섹스는 아름다움으로 치장한 인식들에 대한 배반이나 조롱으로 읽힌다. 순수와 순결로 정화된 숭엄한 남자들의 내면욕망을 역설적으로 공격해 전복하려는 의도가 깔린 작품으로 상처에는 과거형이 없다는 것을 말하고 있다. 어떤 경험이 사건이라면 그것은 항상 내 앞에서 지금도 일어나고 있는 일일 수밖에 없다는 것을 노파와의 섹스라는 상징을 통해 풀어내는 솜씨가 돋보이며 반어의 형상이 뛰어나다.

「이별의 여름」은 돌고래의 형상을 통해 사라진 육체 또는 존재의 고독과 단독자의 슬픔이 전해지는 작품으로 아름다움을 지닌 소설이다. 소설에 깔려 있는 모호성이 구조적이어서 지극히 사적인 감정의 밑바닥까지 응시하고 있다.

정수기 영업사원인 그는 마트에서 배고픈 여고생을 만나 동거를 시작한다. 그녀를 아내로 여기며 2년을 살았는데, 어느 날 갑자기 사라진다. 어릴 적 여동생과 정부조금으로 가난하게 살아온 그는 '붙잡힌 돌고래처럼 도시에서 살아남기 위해서' 날마다 정수기를 열심히 팔았지만 정작 그에게 필요한 마실 물이 없다.

그는 아내를 찾기 위해 일을 그만 두었지만 아내에 관해 아는 것은 작고 동그란 얼굴뿐이다. 마트 2층에 수족관을 들여다보며 물고기가 되고 싶다던 아내는 '겨울엔 시멘트에 갇힌 돌고래처럼 시름시름 앓기만 했다. 그리고 밤마다 잠이 오지 않는다고 하늘을 올려다봤다.' 그런 모습을 보며 그는 아내가 자기를 만나지 않았다면 좀 더 나은 삶을 살았을 것이라고 자책하기도 했다. 여동생으로 부터 아내를 조그마한 섬 이작도에서 봤다는 이야기를 듣고 그는 섬에 도착하지만 '그 작은 섬에서 사람 찾는 일쯤은 아무것도 아니라고 생각했는데 바다를 보자 갑자기 막막해졌다. 물이 자취도 없이 빠져버리듯 아내도 영영 못 찾을 것 같은 불길한 예감이 엄습'한다. 아내를 찾아 섬을 한 바퀴 돌고 온 그는 뜻밖에도 묶고 있는 수국펜션의 안주인으로 살고 있는 아내의 목소리를 듣는다.

> 그는 안개 속을 걸었다. 풀등으로 가는 길에 짙은 안개가 내려 앉아 구름 속을 걷는 기분이었다. 안개 속에서 파도소리가 들렸다.
> 아내가 헤엄을 치고 있다. 마치 인어처럼, 아내의 긴 머리카락이 수초처럼 흔들리며 물살을 간질이고 있다. 그는 자두향이 나는 아내의 머리카락을 어루만지려 손을 내밀었다.

위에 서술한 마지막 단락은 아내가 마침내 자유롭게 삶의 의미를 실현하는 순간으로 읽히면서 우리 사는 모습이 더 이상 어떤 정합적인 질서의 모습이 아니라는 것을 실감나게 묘사하고 있다. 몸의 기억과 시간을 잃게 하는 은폐의 상징이 정수기와 돌고래에서 발현된 이 작품의 언어는 이중적으로 사용된다. 화자인 남자의 내면 상처와 슬픔을 환기시키는 기제이면서, 여자의 내면 감정과 본능을 은폐시키는 도구로 사용된다. 남자의 또렷

한 기억의 상처 때문에 역으로 여자의 반대편 세계의 말과 문장들이 반복적으로 복원되어 깔리고 있는 기묘한 구조이다. 사라진 자아를 말로 가시화 할 때 기억이 반복적으로 복원되는 현장이 아픈 상징으로 읽힌다. 작가는 끝내 여자에 관한 명쾌한 해석의 단서를 제공하지 않지만 그것이 이 소설의 매력이다.

「때 이른 눈」은 인간들은 왜 이러고도 살아야하는지, 고작 이것 밖에 안 되는지 하는 질문을 던지다가 여태껏 삶이라고 여기고 살아온 그것이 애초에 있기나 하는 것인가를 노년 남성의 형상을 통해 핍진하게 보여주고 있다.

완수는 퇴직해 지체장애손녀 종이를 키우고 있다. 딸 세정이 열여섯 살에 낳은 아이다. 고등학교 윤리교사였던 완수는 딸을 엄하게 키운 바람에 어긋난 딸이 어린나이에 아이를 낳고도 나 몰라라 한다. 완수는 손녀를 자신의 호적에 올리고 아내와 함께 키웠는데, 자궁암 투병을 하던 아내는 종이가 세 살 때 세상을 뜬다. 아이를 버려두고 미국에서 학교를 다니고 결혼을 한 딸은 이혼을 하고 한국에 돌아와 살면서도 종이가 '열네 살이 되도록 엄마노릇은커녕 안부 한 번 묻지' 않는다. 그런 딸이 완수와 비슷한 또래의 화가이면서 부동산 부자인 사내와 재혼을 한다. 완수는 '늙은 놈을 남편이랍시고 말하는 딸아이이가 정신박약아처럼' 느껴지지만 상견례를 마치고 나오면서 딸이 안주머니에 넣어 준

돈 봉투를 받는다. '퇴직금과 맞먹는 액수이다. 삼십 년간 교직에서 몸담은 대가와 딸과 손녀딸을 키워 준 대가가 비슷하게 계산되는 것 같아 기분이 묘했다.' 딸의 결혼식을 마치고 돌아온 완수는 허리를 다쳐 신음하면서 자신의 숨소리가 구차해서 눈을 뜨고 싶지 않다. 열네 살의 손녀는 생리를 하고 완수는 생리대를 사러갈 때마다 얼굴을 붉힌다. 완수는 차라리 아내가 살고 자신이 먼저 저 세상으로 갔으면 손녀가 덜 부끄러웠을 것이라 생각한다.

수면제를 오십 알 모으기도 했고, 허리띠를 욕조 샤워기 꼭이에 걸어 보기도 했다. 생과 사를 오가는 생활이 두렵기도 하고 손녀딸이 거머리처럼 몸에 달라붙어 있는 것 같기도 했다. 완수는 세정이 단 한 번이라도 이런 지옥 속에 사는 애비를 돌아 본 적이 있을까, 하고 생각해 봤다.

신혼여행에서 돌아온 딸이 늙은 사위와 집으로 찾아오던 날 '종이는 세정을 보자 아기처럼 손을 올렸다 내렸다하며 박수를 치고 있었'지만 그런 모습을 불편해하던 딸은 식사를 하러가는 자리에 완수가 종이를 데려간다고 화를 내며 돌아간다.

그때 하얀 꽃씨처럼 보이는 것들이 바람에 흩날렸다. 땅에 닿기도 전에 사라진 그것은 눈송이가 분명했다. 완수는 눈을 비비다 하늘을 올려다보았다. 눈송이들은 점점 늘어나고 완수의 희끗한 머리와 푸석한

얼굴에도 떨어졌다. 눈발은 가을바람에 몸을 맡기며 왈츠를 추고 있는
것 같았다.

이 작품은 삶의 고통에 피폐해지는 인간의 모습을 적나라하게
보여주고 있다. 작가는 지체장애아 손녀의 형상을 통해 인간의
본원적인 순수의 회복을 보여주지만, 그 회복의 꿈을 지향하는
의식이 역으로 어둠과 고통의 상상력으로 표출되어 나타나고 있
다. 완수의 형상은 말할 수 없이 측은하지만, 또 말할 수 없이 미
묘해 무엇 하나 선뜻 답을 선택할 수 없는 극한의 경지이다. 어쩌
다가 우리 인생이 이렇게까지 흘러왔을까 자괴감을 느끼게 하면
서도 우리는 결코 이해할 수 없는 어떤 지점을 향하는 그의 소망
이 10월의 때 이른 눈으로 나타나고 있다. 작가는 완수의 이토록
참혹한 삶이 어디서 어떻게 엉켜왔는지를 보여주면서도 가해자
와 피해자의 차이가 지워진 세계를 감정을 걷어버린 건조한 말
투로 증언하고 있다. 그렇다고 완수의 이 기구한 운명을 함부로
운명의 장난으로 부를 수도 없다. 딸과 손녀가 그의 삶을 빼앗아
간다고 하면 너무 가혹하기 때문이다.

「통로」는 성욕에 시달리는 남자의 심층적 존재상황이 직면한
실존과 비애 그리고 허무가 고스란히 알몸으로 남는 작품이다.
삶이라는 것을 빼앗긴 채 몸만 남아 생존하는 남자는 물이 순환
하듯이 눈만 뜨면 성욕에 시달리며, 그것이 삶을 위협할 수도 있

다는 것을 이렇게 발가벗겨 놓은 소설은 드물다.

　과일 가게를 하는 나는 성욕이 강하다. 아내는 그런 나를 이해하지 않는다. 결혼 13년이 됐는데도 마음껏 배출을 해 본 적이 없다. 스물여섯 살에 결혼한 나는 무능력한 가장으로 보일까봐 닥치는 대로 일을 했다. 아이들이 크자 취직을 한 아내에게 나는 늘 미안하다는 말을 달고 살며 모든 것을 아내에게 양보하고 살지만 잠자리만은 양보하기 힘들다. 그건 내 삶의 충전제이기 때문이다. 나는 그것을 아내에 대한 변치 않은 사랑이라고 믿지만 아내는 필사적으로 나를 피한다. 그래서 나는 틈만 나면 자위를 한다. 날씨가 더워질수록 베란다 음식물 쓰레기 냄새가 온 집안을 진동하고 바퀴벌레가 내 신경을 건드린다. 나는 음식물 냄새가 역겹다. 어머니가 하던 국밥집 주방으로 연결된 단칸방에서 매일 맡아오던 지긋지긋한 냄새이기 때문이다. 두 딸을 필리핀으로 유학을 보내고 아내가 직장을 다닌 후 부터 나는 집에서 밥을 먹은 적이 별로 없다. 하지만 아내에게 불평을 할 수 없다. 섹스 때문이다. 어쩌다 아내와 섹스를 해도 사정이 잘 되지 않아 불안하다. 나는 배 위에서 기어가는 바퀴벌레를 잡으려고 장롱을 옮기다가 방바닥에 엎어지고 만다.

　부러진 것 같다. 움직일 수도 없다. 간신히 몸을 뒤집었다. 너무 아파 눈물이 흐른다. 맹장수술을 할 때도 이렇게 아프지는 않았다. 119에 신고하려 해도 몰골이 너무 우스울 것 같다. 손으로 페니스를 확인하자 밑으로 꺾여 있다. 나도 모르게 통곡에 가까운 소리가 나온다. 그때 천정에 무언가 어른거린다. 눈물을 닦고 자세히 보자 바퀴벌레다. 모든 게 저놈 때문이다. 놈은 유유히 천정을 타고 가며 나를 비웃고 있다.

결국 119를 불러 응급실에 도착한 나는 의사의 권유로 수술을 하는데 아내가 느닷없이 필리핀 아이들에게 가기로 했다고 한다. 나는 아내에게 제발 가지 말라고 애원을 하지만 아내는 요지부동의 모습으로 나에게 실망한지 오래라고 한다. 그러면서 삼년 전 우리가 살고 있는 아파트 엘리베이터 안에서 초등학교 성추행사건이 있을 때, CCTV로 범인을 찾다가 엘리베이터 안에서 자위를 하는 나의 모습이 포착되었다는 말을 한다. 나는 더 이상 참을 수가 없어 아내에게 나를 모욕하지 말고 가버리라고 소리를 지른다. 수술한 곳이 쑤셔오지만 아내가 터트린 말보다는 고통이 덜하다.

성욕에 점령된 육체로 자기를 비우고 끝없이 아내를 원하는 남자의 형상이 과도한 유희 행위의 반복성 때문에 자칫 몸 없는 남자의 유머와 웃음으로 전환될 수도 있는 이 작품은 그러나 겉웃음의 이면에 내재된 남자의 공포와 불안, 자기 환멸의 심리를 적절하게 묘사하고 있다. 육체의 종속물인 성욕의 그림자를 통해 이성과 합리성, 감성과 본능의 세계를 거침없이 보아내는 솜씨가 값지다.

「수다」는 다운증후군의 아이를 키우다가 이혼을 한 여자의 분열과 환각을 입의 실종이라는 상징을 통해 자아의 실존을 돌아보게 한다. 여성 내면의 섬세한 균열의 현미경적인 묘사를 통해 끝내 논리적으로 해명되지 않는 여성의 심리적 경계를 가느다란 실핏줄을 따라 가듯이 실감나게 보여주고 있다.

여자는 아침이면 습관처럼 소주를 마신다. 이혼을 한 여자는 17평 아파트에서 혼자 산다. 이혼을 한 것은 육 개월 전이지만 아이의 손을 놓아버린 것은 불과 보름전이다. 여자는 육 개월 전만해도 밥을 하고 빨래를 하고 남편을 출근시키고 아이를 특수학교에 보내고 남편의 옷을 다림질 했다. 남편은 말이 잘 통한다는 여자 후배를 집에 데려와 술을 마시지만 여자가 아이 이야기를 하면 '수다 그만 떨고 밥이나' 주라며 외면한다. 동대문에서 옷을 디자인하던 여자는 결혼을 하고 너무 일찍 아이를 임신해서 낙태를 하려고 했지만 남편이 반대해서 낳은 아이가 다운증후군이었다. 대학동창들을 만나고 돌아온 여자는 갑자기 입이 간지러워 거울을 보니 입이 너무 커져있다. 여자는 동창들의 수다가 싫고 세상의 목소리는 모두 수다였다. 여자는 마스크를 쓰고 외출을 한다. 붐비는 지하철에서 떠들어대는 사람들의 썩은 입 냄새가 마스크를 뚫고 들어온다. 시궁창 냄새이다. 내려서 택시를 타고 목적지를 말해야 하는데 입이 없어진 여자는 말을 할 수 없다. 여자를 쳐다보는 '사람들마다 입이 차츰 지워지더니 결국 누구의 입도 붙어있지 않게' 된다. 아이에게 주려고 코트를 사고 부츠를 샀던 백화점에 들어선 여자는 며칠 전 분명히 아이와 이곳을 왔었고 잠깐 화장실을 간 사이 아이가 없어졌다는 사실을 자각한다. 그날 화장실에서 손을 씻고 있을 때 전화를 건 남편은 딸아이를 데려가 주어 고맙다고 하면서 말 잘 통하는 후배와 결혼해서 호주로 이민을 간다며 전화를 끊는다. 충격을 받은 여자는 혼자서 에스컬레이터를 타고 백화점 밖으로 나오고, 백화점 안내방송에서는 '아이의 엄마를 찾습니다. 아이 이름은 김소영. 분홍색 코트와 분홍색 머리핀을 꽂은 5세의 장애아입니다'라는 방송이 계속 흘러나온다.

이 작품이 흥미로운 것은 여자의 극심한 불안과 공포를 입이 사라지는 것으로 전환해 그 현장의 분열과 공포를 극대화시킨다는 것이다. 시간은 실종되고 공간은 파괴되고 현실에서는 불가능한 환상과 몽상이 수시로 펼쳐지는 세상은 우리가 보는 것과 아는 것을 넘어서는 불가사의한 입의 실종을 겪는다. 또한 비인간성으로 상징하는 것들을 게워내는 모습이 인상적이다.

「수세미」는 사랑이 사회적 조건이나 상황으로 부터 자유롭지 못하다는 것을 여자의 형상을 통해 보여주고 있다. 사랑을 둘러싼 조건이 사랑의 한계이자 동시에 어떤 원동력이 될 수도 있다는 것을 깨닫게 해주는 작품이다.

나는 서울 외곽의 다가구주택 지하에서 여고 2학년인 동생과
살고 있다. 문창과를 졸업하고 취직자리를 알아보는 중인데 쉽
지 않다. 밤낚시 갔던 아버지와 오빠를 바다에 빼앗긴 엄마는 속
초에서 건어물 장사를 하면서 우리를 서울로 보내 공부를 시키
는데 동생이 요즘 자꾸 늦게 들어온다. 언니의 책임감으로 한마
디 하면 '신경 꺼'라는 말이 돌아올 뿐이다. 나는 동생이 걱정되
어 미행을 하지만 어디를 가는지 도통 알 수 없다.

> 화장실에서 샤워하는 소리가 났다. 문을 살짝 열어 보았다. 동생은 내
> 가 쳐다보는 것도 모른 채 열심히 때를 밀고 있었다. 그런데 동생의 피
> 부가 유난히 붉어 보였다. 자세히 보니 동생이 들고 있는 것은 때타월
> 이 아니라 수세미였다. 그걸 가지고 허물이 벗겨질 정도로 벅벅 문지
> 르고 있었다. 쓰라린지 얼굴을 몇 번씩 찡그렸다. 당황스러워서 말문
> 이 막혔다. 나는 그 자리에 쪼그리고 앉아 손톱을 물어뜯었다. 동생에
> 게 일어난 일이 상상되었다. 지켜주지 못한 무기력함에 또 한 번 좌절
> 했다.

나는 새벽에 돌아와 샤워를 하는 동생을 두들겨 패면서 무슨
일인지 말하라고 다그치지만 동생은 '살고 싶어서 그래, 언제나
이 몸뚱이가 문제야'라며 대든다. 나는 불안감 때문에 이불 속에
서 손톱을 물어뜯는다. 나와 사귀는 경훈 선배는 손톱을 물어뜯
는 내 버릇이 못마땅한지 타박이다. 밤마다 위층 남자는 고양이

울음소리 때문에 못살겠다고 불평이고, 고양이는 내가 아끼는 실크블라우스를 훔쳐가 깔고서 새끼를 키운다. 나는 미행하다 놓친 동생이 위층 남자 집의 현관문을 열고 들어가는 모습을 발견한다. 위층 남자 방에서 흘러나오는 동생의 신음소리를 들은 나는 며칠 후 위층 남자의 집에 불을 지른다. 다행히 남자는 죽지 않았지만 결국 자살을 한다. 외국에서 박사학위를 따고 온 남자는 뺑소니를 당한 하체마비 성불구자 장애인이다. 동생은 그 남자와 재활센터에서 봉사활동을 하면서 친해졌다. 사고로 성격이 괴팍해진 남자를 동생이 정성껏 보살폈고 남자는 그런 동생을 의지했다. 남자는 동생 때문에 위층으로 이사 와서 매일 동생을 기다리는 낙으로 살았다고 한다. 경찰로 부터 이런 이야기를 전해들은 나는 위로를 받기 위해 경훈 선배를 만나지만 이별통보를 받게 되고, 집으로 돌아와 동생이 쓰던 수세미로 온몸을 천천히 밀기 시작한다.

둘이 하나이기를 원하면서도 결코 하나로 환원되지 못하는 소설의 결말은 사랑이 갖는 구조적인 한계와 본질을 보여주고 있다. 그들이 처한 사회적 조건이 같거나 다른 것은 중요하지 않고 오직 사랑만이 사랑의 조건이자 제약이 되는 어떤 초월적인 이런 파국의 상태는 과연 무엇을 향하는 것일까 하는 물음이 길게 머릿속을 맴돌게 하는 작품이다.

「전갈자리」는 거미와 전갈의 상징이 인간의 탐욕을 집어삼키면서, 인간의 근원적인 공간과 삶을 탐색한다. 거미와 전갈의 상징을 통해 투사하는 기억과 껄끄러움을 마음속에 존재하는 유사한 기억의 대상들과 바꿔서 묻고 있다. 이런 질문의 방식 때문에 애써 지워온 여자의 기억이 더욱 비극적인 색채를 머금고 가혹한 공포로 육박해오는 작품이다.

고아인 여자는 잘 나가던 대기업 직원과 결혼을 한다. 대전 어느 빌딩의 쓰레기통에서 발견된 여자는 서산의 천사원에서 자란 후 여기저기 떠돌다 주민증이 나오자 유흥업소에서 남자들을 상대한다. '여자는 고아로 살아가면서 힘든 일을 한두 번 겪은 게 아니었다. 그럴 때마다 왼쪽 가슴 밑이 유난히 쑤셨다. 가끔은 쥐어뜯는 아픔에 그 부분을 도려내고도 싶었다. 병원에서도 특별한 이상을 발견하지 못했다. 단지 가슴 밑에 좁쌀 같은 점 다섯 개가 S자 모양으로 박혀있을 뿐'이다. 여자는 친구들 사이에 유행했던 별자리 맞추기로 태어난 달이 전갈자리라는 것을 안다. 그래서 가슴 밑에 박힌 S자 모양의 점도 전갈자리에 태어난 증표 같지만 그것은 주홍글씨처럼 어른이 된 후에도 더러운 출생지를 잊을 수 없게 만든다. 유흥업소 손님으로 만나 결혼을 한 남편은 주식에 올인 하다가 대기업에서 명퇴를 한다. 그때부터 여자는 대리운전을 하지만 남편을 먹여 살리는 것 같아 기분이 좋다. 명퇴를 하고도 주식에서 눈을 떼지 못하는 남편은 야동으로 눈을 돌리고 혼자서 수음을 하고, 나는 대리운전을 하다 남자를 만난다. 남자의 허벅지에 타투 된 거미를 본 여자는 첫사랑을 생각하며 남자와 격렬한 섹스를 한다.

거미였다. 선명하게 타투 되어있는 거미는 남자의 몸에서 서서히 여자의 몸을 타고 올라왔다. 그가 여자 몸을 다루는 솜씨는 흙으로 인간의 몸을 빚은 절대자의 손처럼 섬세했다. 남자는 거미줄에 걸린 나비처럼 퍼덕이는 여자의 진액을 모조리 빨아 먹고 퍼석퍼석한 껍데기만 남겨 놓았다.

남편은 이유도 말하지 않고 여자를 패고 화장실 변기에 얼굴을 집어넣더니 컴퓨터 앞으로 끌고 간다. 모니터에는 '두 사람이 거미와 전갈같이 격렬한 싸움이라도 하듯 서로의 몸을 탐하고 있었다.' 몰카를 찍어 불법동영상을 유포하는 남자의 덫에 걸린 여자는 집을 나와 서산행 시외버스를 탄다. 서산에 도착한 여자는 여관방을 찾아 자살하기 전에 유서를 쓰지만 볼펜이 말썽을 부린다. 여자는 문득 전갈자리를 찾아보고 싶다는 생각이 들면서 오늘은 가슴 밑에 박힌 전갈도 제 자리를 찾아갔으면 하고 바란다.

이 작품은 일상의 시선을 뒤집어 보는 역시선 활용이 뛰어나다. 육체가 돈이 되는 가면 속의 욕망을 집요하게 노출하면서, 육체를 아름다움이 아니라 욕망 즉 거미와 전갈의 이미지로 채우고 있다. 여기서 작가는 육체의 속물화 그 자체보다는 그렇게 속물화되는 외적 상황에 집요한 메스를 들이밀고 있다. 그 결과 인간의 육체와 정신을 황폐화시킨 순간까지를 아우르는 감정의 극단을 보여주고 있다.

「호두과자 전문점」은 바람이 나서 집을 나간 아버지에 대한 애증과 분노 때문에 장롱을 닦고 사는 엄마와 그런 엄마 때문에 침을 뱉으며 사는 딸의 모습이 이해불가의 육체와 그림자의 관계로 낯설게 그려 묘한 음감을 주는 작품이다.

소주에 커피를 타서 마시는 나는 엄마와 둘이 살면서 호두과자 전문점을 한다. 마흔이 가깝도록 의기소침하던 내가 가장 크게 벌인 일이 호두과자 전문점을 차린 것이다. 엄마는 중학교 영어선생님이었던 아버지를 젊은 여교사에게 뺏긴 이후로 외출은 거의하지 않고 장롱 옆에만 앉아있다. 그때부터 나는 침 뱉는 습관이 생겼고 엄마가 자학을 할 때면 방에 들어가 귀를 막고 입이 마를 때까지 침을 뱉는다. 아버지가 떠나던 날 '엄마는 내 앞에서 부엌칼로 자신의 동맥을 끊었다. 터져 나온 새빨간 액체는 뱀처럼 길게 방바닥을 지나 내 발바닥에 끈적끈적하게 달라붙었다. 그 후부터 나는 사춘기에 이유 없이 덮쳐오는 혼란스러움에도 짜증 한번 부릴 수 없었다.' 어른이 되어 사적인 만남이나 회식자리에 끼지 않고 외톨이로 돌다가 결국 바깥일을 포기한다. 비가 오는 어느 날 나는 우연히 호두과자 가게 앞에서 경민을 만난다. 재수학원에서 만나 사귄 경민은 의대에 편입했는데 숙식을 하던 고시원에서 불이나 전신화상을 입는다. 그때 나는 두 차례의 면회로 그와의 관계를 끝낸다. 2년 후 찾아온 경민을 나는 매몰차게 거부한다.

> 가끔 기계에서 늦게 꺼낸 호두과자가 까맣게 타서 나오면 병실에 누워 있던 경민의 얼굴이 떠올라 섬뜩했다. 나에게 있어 호두과자는 첫사랑의 일그러진 얼굴이기도 하고, 죽을 때까지 괴롭힐 것 같은 늙은 엄마의 주름진 얼굴이기도 하다. 그리고 이젠 어떻게 생겼는지 기억에서 희미해진 아버지의 얼굴이기도 한 것이다.

나는 얼굴에 생긴 흉터가 없어진 말끔한 얼굴로 의사가 된 경민을 다시 만나기 시작하고 결국 그의 아이를 잉태한다. 하지만 경민은 어느 누구한테도 묶이는 게 싫다고 나와 뱃속의 생명을 거부한다. 그날 나는 상가 친목회에 참가했다가 안경집 남자로 부터 아버지가 가끔 와서 나의 안부를 묻고 간다는 말을 듣고 '쳇! 늙고 병드니까 찾아왔나보지' 하고 비꼬는데 그 말투가 어느새 엄마의 말투이다. 뱃속의 아이가 꾸물대는 것처럼 속은 더부룩한데 엄마가 끓여준 된장국이 자꾸 생각난다. 나는 된장국이 먹고 싶다고 엄마를 깨운다.

자신의 존재를 미처 들여다보기도 전에 자신의 존재가 세상을 거역하는 것에 대한 감각을 먼저 체득한 여자의 미세하고도 섬세한 심리가 호흡까지도 전달되어 진경을 이룬다. 세상을 거스르지 않으려고 몸을 사리는 여자의 태도가 매국면마다 최소한의 선택지도 없이 극한상황과 맞물리게 만드는 이야기와 구성이 시종일관 긴장감을 늦출 수 없다.

3.

위에서 살펴본 송방순 작가의 소설은 흔히 말하는 고정적인 질서에 고착되지 않고 언제나 엇비슷하게 결론 나는 자동화 같은 소설적 작동이 보이지 않는다. 네 남자와 네 여자의 각기 다른 고통 앞에서 작가는 정답을 내놓는 것이 아니라 독자들이 스스로 질문을 하게 만든다. 소설 곳곳에서는 진심과 가식, 진실과 허위 사이를 오가며 추처럼 흔들리는 사람들의 모습을 시간의 순서에 구애 받지 않고 과거와 현재를 혼재하는가 하면, 얼개를 이중구조로 만들어 정체성의 혼란과 깊은 고민의 과정을 짜임새 있게 보여준다. 네 남자와 네 여자의 화자들이 서로 거울이 되는 설정은 소재나 시간의 파편화 혹은 낯설기로 습관적인 소설쓰기에서 벗어나려고 하는 작가의 전략이다. 그런 전략이 들어맞아 사건과 심리묘사의 적절한 배치로 치환되어 소설적 공간이 주는 분위기를 극대화하고 있다.

송방순 작가의 소설 속 네 남자와 네 여자는 뭔가 모르게 휩쓸려 들어가지만 그 뭔가가 있다는 것을 알게 되었을 때에는, 그들의 인생이 어긋나 있거나 뒤틀려 있거나 고립되어 있다. 쓸쓸하고 측은한 그들의 모습에서 인간의 삶이란 그저 운명에 좌우되는 것 같은 운명론의 그림자가 어른거린다. 그들은 운명의 가혹한 힘 앞에서 무릎을 꿇지만 그렇다고 완전히 꺾이지 않은 모습으로 불가해한 운명을 이해하려고 안간힘을 다한다. 그런 노력을 통해 자신들에게 닥친 운명을 받아들이려는 고투를 벌이는데 그 방식이 언어를 뛰어넘은 방식이다. 즉 각자의 고립을 확인하는 순간 타인의 마음속에 일어나는 일에 귀 기울이려고 애를 쓴다. 그러면서 삶은 운명이 좌우할 뿐이며 세상을 이해할 수 없다는 것을 깨달으면서도 역설적으로 그 순간을 뛰어 넘으려고 한다. 그때 네 남자와 네 여자의 모습에서 언어로는 전달 할 수 없는 뭔가가 불거져 나온다. 노파와 섹스를 하거나, 입이 사라지거나, 10월에 눈이 오거나, 페니스가 꺾이고, 거미와 전갈이 되어 몸을 탐하고, 수세미로 피가 나도록 몸을 밀고, 침을 뱉는 등 언어를 뛰어넘는 그 순간에 독자들은 운명 속에 뿌리내린 시원의 슬픔을 느끼며 자신만의 공간에서 고립된 채 살아가는 자신의 모습을 발견하면서 말로는 표현할 수 없는 '뭔가'를 찾아 두리번거리게 된다.

송방순 작가의 소설 속 네 남자와 네 여자는 공통적으로 운명에 순응하는 모습을 보인다. 그것은 소설의 인물들이 문제를 정면으로 응시하는 경우는 드물고 언뜻언뜻 옆모습이나 뒷모습의 실루엣으로 비친다. 그 모습은 고독과 상처 속에서 자아는 성장하지만 어둔 그늘 속에 드리운 공포와 불안이 낳은 내면 때문에 운명에 순응하는 모습으로 나타나기도 한다. 그렇게 운명에 순응하는 사람들의 내면을 한층 예리하게 통찰하고 벼려서, 그 시원의 슬픔을 더욱 과감한 상상력을 통해 자신만의 세계로 만들어가기를 바란다.

첫 소설집의 출간을 진심으로 축하드린다.

작가의 말

작가의 말

　나에게 글을 쓰게 하는 원천은 어릴 적 마당에 심겨진 감나무일 수도 있고 뒷산의 대나무일 수도 있다. 아직까지 복숭아꽃이나 배꽃처럼 예쁜 꽃을 보지 못했고, 댓잎에 스치는 바람 소리처럼 마음을 뒤흔드는 소리를 듣지 못했다. 그러한 것들이 내 속에 피고 자라 글을 쓰게 만들었다는 생각이 든다.

　나는 지금 별을 본다. 여행 중에도 잊지 않고 밤이면 그곳의 별들을 올려다본다. 별은 태양처럼 강압적이지 않아 내 부끄러운 속내를 드러내도 조곤조곤 들어줄 것만 같다. 가끔은 바라보는 것만으로 위로가 될 때도 있다. 별을 바라보는 동안엔 시 공간을 뛰어넘어 어린아이가 될 수도 있었고 시인이 될 수도 있었다.

여덟 편의 단편을 묶어 『전갈자리』라는 별자리 이름으로 책을 내놓게 됐다. 두렵고 떨리는 반면, 책 속의 인물들이 세상에 나와 숨을 쉬게 되어 다행이란 생각도 든다. 컴퓨터 안에 갇혀 있을 땐 내 마음도 답답했다. 전갈자리 그 남자와 그 여자로 나누었지만, 쓰는 동안 남자의 심리와 여자의 심리를 꿰뚫어야한다는 생각은 하지 않았다. 단지, 별자리처럼 운명에 순응하는 사람들의 모습을 보여주고 싶었다.

사십이 넘었어도 사는 내내, 쓰는 내내, 정답은 없었다. 쉽게 살아지지도 쉽게 써지지도 않았다. 살아갈수록 모른다는 것을 알 뿐이었다. 그런 사람이 주제넘게 글을 썼다고 야단친대도 겸허히 받아들일 수밖에 없다. 글을 쓸 때마다 한계에 부딪히고 스스로 부끄러움에 치를 떨었으며 콤플렉스가 하나씩 늘어났으니까.

하지만 그나마 다행으로 여기는 건 소설은 쓰는 사람이나 읽는 사람이나 마음을 불편하게 만드는 면이 있다는 것이다. 나 역시 독자의 한 사람으로 내 책을 집어든 사람들이 실망하지 않았으면 좋겠다. 고개라도 끄덕여주는 아량을 베풀기를 바랄뿐이다.

책이 출간되기 전에 여행을 떠나야겠다. 내 손을 떠난 글에 연연하고 싶지 않다. 낯선 풍경과 낯선 사람들을 보면서 내가 알아채지 못한 내 안의 다른 것들을 들여다볼 시간이 필요하다. 그러면 마음이 한결 자유로워 질 거 같다. 앞으로 내 속에서 튀어나올 인물들이 좀 더 사람냄새 진하게 퍼뜨릴 거라는 기대도 가져본다.

가족들에게 고맙고 응원해 주신 모든 분들께 감사의 마음을 전한다.

밤하늘을 올려다본다. 별처럼 반짝이는 글을 쓰고 싶다. 바라보기만 해도 위로가 되는 그런.

2017년 초가을

송 방 순

전갈자리

초판 1쇄인쇄 2017년 11월 10일
초판 1쇄발행 2017년 11월 13일

저   자 송방순
발행인 박지연
발행처 도서출판 도화
등   록 2013년 11월 19일 제2013 - 000124호
주   소 서울시 송파구 중대로34길 9-3
전   화 02) 3012 - 1030
팩   스 02) 3012 - 1031
전자우편 dohwa1030@daum.net
인   쇄 (주)상현디앤피
ISBN | 979 - 11 - 86644 - 42 - 3*03810
정가 13,000원

이 책은 수원시와 수원문화재단의 문화예술발전기금을 지원받아 발간되었
습니다.

도화道化, fool는
고정적인 질서에 대한 익살맞은 비판자,
고정화된 사고의 틀을 해체한다는 뜻입니다.